U0067187

圖畫書的
欣賞與應用

林敏宜　著

黃　序

　　從前、從前，圖畫書是屬於「課外書」，而課外書在孩子的學習中的角色好像是配角，教科書才是主角。一般大人認為配角的重要性不如主角，所以主角演完才輪到配角，而配角也不應喧賓奪主，搶了主角的丰采。

　　所以我們小時候，課外書往往是要偷偷摸摸的看，一不小心被父母或老師「逮」到了，還會挨罵或受處罰呢！或許因為如此，現在長大了，有的人會以補償的心情，痛痛快快的看圖畫書，也有人正好相反，對圖畫書抱著不屑的態度，認為圖畫書是「閒書」，可有可無。

　　然而，一些圖畫書發展較早的國家早已發現，圖畫書對孩子的影響深遠，超出許多其他的教學媒介，圖畫書的可親性和趣味性是一般教科書所望塵莫及的，而近年來圖畫書在質和量兩方面的增長也都是有目共睹的，在主觀和客觀條件都相得益彰的情況下，圖畫書終於能登堂入室，成為教師教學的得力助手，也成為孩子各方面學習的「新歡」。

　　《圖畫書的欣賞與應用》是林敏宜老師的精心著作，她曾是我的得意門生，尤其唸完家政教育研究所，得到碩士學位後，一直在幼兒保育科教書，有學術的背景和實際的經驗，內容上

就更適合幼兒教育／保育科系的學生使用，一般對圖畫書感興趣的大人若想了解圖畫書的來龍去脈，這本書應該也符合這樣的需求。

　　能為她的書寫序，我覺得很榮幸，也很欣慰，畢竟這是她努力的成果。想到即將有許多人會藉著使用這本書而能認識、欣賞圖畫書，更是令我興奮。因此我開開心心的寫下這篇序。

師大家政系系主任　黃迺毓

民國八十九年九月

楊　序

　　童年的回憶，是一本本圖畫書的拼圖和綴片；兒時的心靈，是一堆堆的圖畫書孕育出來的一片天地；孩提的夢裡，又是蘊藏著多少圖畫書的場景與秘密。

　　圖畫書，伴著稚嫩歲月的成長，也豐富了青澀歲月的思緒與歡愉，同時也搭起了成人與小孩心靈溝通的橋梁。

　　在浩瀚的圖畫書裡，沒有認知的隔閡，沒有年齡的差距，更沒有文化族群的藩籬。它們是世界共通的語言，是孩子們的啓蒙恩師，是孩子成長的天堂。

　　本書的內容涵蓋圖畫書的各個層面，可分為欣賞篇及應用篇。在欣賞篇部分，首章開宗明義闡釋圖畫書的意義、特質、價值與發展史，是篇精彩的導讀。第二章則以材質、內容、形式為結構來分類圖畫書，並提示選擇指標，可做為入門的引導。第三章對於插畫世界的意義、功能、技法、要素與傑出插畫家的介紹，有著深刻獨到的剖析。第四章揭示主題，從心理學與教育學的觀點切入分析，將相關的圖畫書分類分層導覽，其中特別強調人文的關懷與多元智能的涵泳，是父母教養兒女與教師作育英才的寶典。第五章針對文學要素——情節、角色、背景、主題、觀點、風格等多向度分析與探討，周延細緻，對父母選書或有志從事圖畫書創作者，是重要的學習參考書。

更難能可貴的是，林敏宜老師以其專業的學識認知與用心的教學體會，將圖畫書的應用篇部分，以朗讀、說故事與討論故事、網狀圖示法的分析與教學、多元智能的圖畫書活動設計以及如何選擇圖畫書為範疇，使學理與教育活動得以密切結合，並以前瞻深入的思維，精闢生動的立論，提出殊多創見；更將美國凱迪克大獎作品年鑑與圖畫書參考書目，詳盡蒐集於附錄中，其細緻與用心，對兒童文學領域，必定有相當的貢獻。

本書資料詳盡、完整、充實，以欣賞的可看性與應用的實用性為基礎，探討圖畫書。每章內容有學習目標、正文、參考書目、思考與討論及學習活動五大向度。結構嚴謹、層次分明、旁徵博引，可以作為父母替子女選擇圖畫書的目錄圖鑑，也可作為幼稚園及國小老師的教學指引，更可作為高職以上幼教相關科系專業成長的重要參考書籍；而從事論文及研究工作者，相信在書中也能找到許多的資訊，並進一步獲得一些啟示。這確實是一本值得閱讀及收藏的好書。

「人因夢想而偉大，也因理想的實踐而自覺渺小」，就是這份謙虛與精進，促使林敏宜老師在繁忙的教學與相夫教子之餘，還能潛心研究著書。在千禧年的教師節，看到這本《圖畫書的欣賞與應用》完稿付梓，特別致上我最高的敬意與祝福！

頭城家商校長 **楊瑞明** 謹誌

民國八十九年九月二十八日

自　序

　　每個人心中都有個夢田，而我就是那位在人生軌道上積極尋覓滿園青綠的園丁。所以如果問我為什麼要寫書，「想為自己這幾年來所耕耘的圖畫書園地留下註腳」大概是最貼切的答案了。

　　這幾年來，圖畫書一直如影隨形相伴左右。還記得，研究所時代，在黃迺毓教授詼諧機智而又旁徵博引的介紹下，心中埋下圖畫書的種子；研究所畢業後執教於高職，在肩負教好「幼兒文學」課程的使命下，積極參與相關的研習活動及收集資料；多年下來，一方面發覺圖畫書不僅深具群眾魅力，更適用在各類議題的探討；另一方面有感於市面上幼兒文學用書引用太多外文圖畫書，而造成教學的不便，因而萌發自己寫書的念頭，就這樣開始動筆直至完成。

　　本書以兼顧可看性與實用性為目的，分為欣賞及應用兩篇。欣賞篇包括「緒論」、「圖畫書的種類」、「插畫世界面面觀」、「主題圖畫書導覽」、「文學要素分析」等五章；應用篇包括「朗讀、說故事與討論故事」、「多元智能的圖畫書活動設計」、「網狀圖示法的分析與教學」、「如何選擇圖畫書」等四章。每一章的內容分五部分陳述，包括「學習目標」、「正文」、「參考書目」、「思考與討論」、「學習活動」。各章節中附有圖、表、照片等輔助說明。此外，書末有兩個附

錄，包括「美國凱迪克大獎歷屆得獎作品」及「圖畫書參考書目」。期望藉由這樣的編排方式引發讀者的閱讀興趣，並進而觸類旁通，活用圖畫書。

　　本書能夠順利問世，首先要感謝我的家人，尤其是外子支寬默默的關懷與鼓勵是我寫作的最佳動力。其次要感謝師大家政系系主任黃迺毓教授於百忙中撥空寫序並提供寶貴的建議。此外，要感謝的是校長楊瑞明先生的慨允寫序及支持。至於其他在研究過程中曾經給予各種協助者包括陳淑珍老師、莊中興老師、藍美蓉老師、林麗雲老師、楊素玲老師等，還有在寫作過程中與我相互切磋及成長的夥伴們，在此一併致謝。最後，感謝信誼、上誼、格林、遠流、國語日報、台英、三之三、皇冠等多家出版社提供的照片授權，更感謝心理出版社的慨允出版，而使得本書能與讀者分享交流。

　　有句話說「人因夢想而偉大」，對我而言卻是「因實踐理想而自覺渺小」。因為要寫書，所以要多看書；因為多看了點書，才知道自己所知有限而學問無窮。就這樣在寫書與看書的交錯進行中，將自己的想法一一澄清、過濾與沉澱，我想這大概就是寫書的最大收穫。所以奉勸有心的讀者，如果你覺得心中的感覺不吐不快，心中的喜悅無人分享的話，趕快執筆寫作吧！它會幫你重新定位、重新思考，「從心」出發！

林敏宜　謹識

民國八十九年九月

目　錄

欣賞篇

應用篇

つ表目錄

つ圖目錄

欣賞篇

第1章

緒論

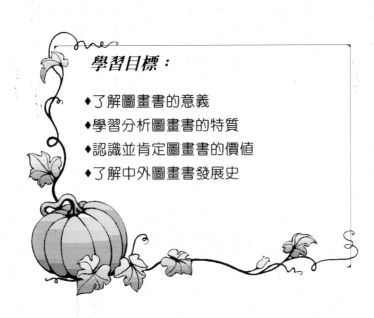

學習目標：

◆了解圖畫書的意義

◆學習分析圖畫書的特質

◆認識並肯定圖畫書的價值

◆了解中外圖畫書發展史

在講究多樣閱讀型態的二十一世紀，圖畫書儼然成為出版社的新寵兒，許多出版社不惜斥資購買版權，從國外引進優良圖畫書，或邀請世界知名插畫家為文學大師作品插畫；童書店則經常邀請知名作家或插畫家為孩子們講故事，兒童文學研究機構及幼教機構更是時常舉辦圖畫書講座，如此文風鼎盛的現象，證明一個事實便是「圖畫書是大人與小孩不可或缺的精神食糧」。

當出版社、書店、研究單位費心盡力地為圖畫書廣為宣傳的同時，許多家長面對精美絕倫的圖畫書，不惜掏腰包為孩子選購；而孩子們則優游於圖畫書的世界中，人手一本或坐或站，陶然忘機的景象，隨處可見。這些現象，不禁令人疑惑：「究竟圖畫書有何魔力，可以讓從業人員、家長及孩子們，如此醉心地參與其中？」為了探討這個問題，本章將依序說明圖畫書的意義、特質與價值，並簡單介紹世界圖畫書發展史，以引導讀者進入圖畫書的天地。

壹▪圖畫書的意義

圖畫書，英文為「picture books」，在日本稱為「繪本」，是一種以圖畫為主，文字為輔，甚至是完全沒有文字、全是圖畫的書籍。這一類書籍特別強調視覺傳達的效果，所以版面大而精美，不僅具有輔助文字傳達的功能，更能增強主題內容的表現。廣義的圖畫書是一種包含眾多類型的統稱，此類圖畫書涵蓋字母書、數數書、概念書、參與

書、無字圖畫書、預測書、給初學讀者的圖畫書、圖畫故事書、立體書、嬰兒硬紙板書等等（Tunnell & Jacobs, 2008）。狹義的圖畫書專指圖文並重且共同敘述故事的圖畫故事書而言。所謂圖畫故事書是指「具有敘事性的故事體（文字敘述、圖畫敘述）以及大篇幅的圖畫，其中包含無字圖畫故事書與文字份量較多，給閱讀對象較長的圖畫故事書類型」（林德姈，2004）。日本兒童圖畫書大師松居直（劉滌昭譯，1995）特別強調「文字×圖畫＝圖畫故事書」的概念，而傅林統（1979）則認為「圖畫故事書和一般圖畫書不同的是：它的圖畫具有故事性、連續性，以及傳達意義的特性」。

圖畫書與有插圖的書（illustrated books）並不相同。圖畫書大都是為閱讀能力尚不流暢的小讀者而製作，它是在畫中陳述內容；而有插圖的書大都是為閱讀技巧已經相當純熟的小讀者製作，它的插圖只是用來豐富正文的說明性，讀者不需要藉著圖來了解正文。要確定一本書到底是不是圖畫書，可以用下面的問題來檢視：「一看完書之後，孩子是否能只看圖畫，就能正確地重述內容？」（引自郭麗玲，民80）如果可以，那麼它就是一本圖畫書了，反之，則是一本有插圖的書。

圖畫書可說是老少咸宜的書籍，不僅刺激嬰幼兒的探索慾望，更使大人愛不釋手。由於圖畫書相當適合親子共讀，因此可說是幫助孩子跨入兒童文學領域的「人生第一本書」。

貳 · 圖畫書的特質

　　圖畫書是一種講究視覺化效果的兒童文學作品，一本優良的圖畫書應具有下列特質：

一、兒童性

　　所謂兒童性是指圖畫書必須是專為學齡或學齡前的孩子所設計的。因此在文字方面，圖畫書不僅要淺顯易懂，具有口語感及韻律感，還需要符合孩子的發展與興趣，以適合孩子理解程度為內容，以孩子所關切的事物為題材。在插畫方面，則應考慮孩子視覺心理的適應與表現，運用趣味、動態、具體、鮮明的造型特質來吸引他們的興趣與注意力。

二、藝術性

　　圖畫書的藝術性乃經由文字及插畫兩者來表現。圖畫書中的文字有作者所欲傳達的意義，也有其語言的美感，因此美感與意義兩者構成其文字的藝術性。優良的圖畫書應該重視文字表現的技巧，以想像、譬喻、描繪、敘述等方式，利用優美而適合孩子程度的文字、語言進行創作。至於插畫，則是畫家將「純粹繪畫」的美感特質，結合「美術設計」的傳達原理，配合文章內容所製作的「有條件的、有目的的繪畫」。因此，講究藝術性的插畫，畫家必重視：1.創意的構想；2.趣味的情境；3.新穎的技法；4.和諧的版面；5.美感

的造型（形象和色彩）；6.獨特的風格；7.精巧的印刷配合等創作要素（蘇振明，民76）。

三、教育性

圖畫書的教育性是指兒童藉由閱讀圖畫書而使其個人在認知、人格、道德、生活等各方面獲得成長。認知方面的成長是指孩子能從圖畫書中學到豐富的知識，增進生活的閱歷；人格方面的成長是指孩子從圖畫書中獲得人生意義與方向的啟迪，學會自我接納、自我認同，甚且自我實現；道德的成長是指孩子從圖畫書中涵泳心性、陶冶氣質、學習善惡的判斷、培養正義感與同情心等；生活的成長意味孩子藉由閱讀圖畫書而培養良好的生活習慣、正當的生活態度。

四、傳達性

圖畫書是兼具語文及視覺傳達兩種方式的文學作品，在圖文並茂的圖畫書中，透過文字的解說敘述，再配合圖像的描繪，使其整體感、連續性、節奏感與動態感得以產生，而達到「畫中有話，話中有畫」的傳達功效。

五、趣味性

大多數孩子的注意力短暫，因此圖畫書的內容必須講求趣味性以吸引孩子的目光，使其產生持續閱讀的意願。圖畫書的趣味性展現在文字間的幽默感、插畫的遊戲性、音樂性，以及整體的設計與安排上，使孩子能參與其中，進而得到快樂、想像、情緒紓解，甚至與人互動的樂趣。

了解上述圖畫書所應具備的特質之後，以下茲舉《一片披薩一塊錢》為例，列表（表 1-1）分析該書的特質。

◎ 表 1-1　圖畫書特質分析

書　名：一片披薩一塊錢　　　　　　　　作者：郝廣才 出版社：格林　　　　　　　　　　　　　畫者：朱里安諾	
兒童性	1.阿比與阿寶受到朱富比的鼓勵後，回家立刻做披薩及蛋糕來賣，就好像孩子的行為受到大人肯定之後，其學習動機大為增強一般。 2.阿比與阿寶看到披薩及蛋糕都賣光，還以為沒有賠本的滿足心態，和小孩子只看眼前的利益，而不會分析實質的原因極為相似。
藝術性	一、文字表現 1.運用「韻文形式」，使人唸起來輕鬆流暢，朗朗上口，如：「時光小河向前流，一去不回頭。從早上到中午，一個客人也沒有。」 2.描繪吃東西的感覺或方法，極為細膩動人，讓人感同身受。例如：吃了大熊阿比的披薩之後，「好像陽光在按摩你的胃；感覺沒有翅膀也能飛」，又如朱富比教大個兒司機吃蛋糕「應該先用眼睛，欣賞它的外形。然後用鼻子，細細把香味聞聞。再用叉子溫柔地切下一塊，感受它的彈性。最後才送入口中，用牙齒、舌頭來品味它的生命……」。 二、插畫技巧 1.運用對比的手法塑造角色，極為動人，如胖胖的大熊阿比和瘦瘦的鱷魚阿寶、大個兒獅子司機和小老鼠老闆。 2.運鏡手法靈活，使孩子在忽高忽低、忽遠忽近的視覺角度裡享受閱讀的變化與樂趣。 3.畫面柔和，鵝黃、粉橘、粉綠的色彩，充滿陽光般和煦溫暖的感覺。
教育性	1.學習好東西與好朋友分享的道理。 2.學習朋友間不吝於讚美，適時給予人鼓勵的態度。 3.體會朋友間相互扶持、患難與共的情誼。 4.學習用心品嘗食物的美味。

（續下表）

傳達性	1. 透過與一般常識相反的概念來描繪角色，如大個子的獅子居然是小老鼠的司機，傳達出每個人的發展有無窮的潛力，不可以貌取人。 2. 烏鴉不明就裡地告訴其他夥伴一起來買，意味生命的轉捩點往往發生在無法預知的事件上。 3. 披薩與蛋糕暗喻個人專長在生涯發展上的積極影響力。
趣味性	實際上是一塊錢的相互買賣，卻使得阿比與阿寶兩者都覺得做生意的第一天居然能全賣完沒賠本，而感到相當滿足，令人讀後不禁發出會心的一笑。

參 ▪ 圖畫書的價值

　圖畫書由於內容豐富，因此對閱讀者有不可抹殺的價值。茲分述如下：

一、增長認知學習

　圖畫書的內容包羅萬象，舉凡天文、地理、歷史、人文、社會、自然、科學等種種常識皆有所描述，對閱歷不多、經驗有限的孩子而言，它猶如百科全書般，提供各種觀察性、思考性與感受性的認知學習經驗。

二、增進語言學習

　父母透過圖畫書的朗讀，不僅讓孩子從中體會語言之美，更能豐富語彙。一旦孩子享受到圖畫書的樂趣，必然會

不斷地問問題，不斷地表達自己的想法，此時父母以感情洋溢的豐富語言回應，無形中促進孩子溝通與表達能力的發展。

三、提供生活體驗

孩子的生活經驗大都局限在周遭的家人與朋友關係間，然而圖畫書的內容多采多姿，孩子可以從中體驗到不同的生活方式、不同的人事物，甚至人性百態。許多無法直接接觸的生活經驗，透過圖畫書的媒介，間接地讓孩子了解與體會，無形中開拓視野，豐富生活體驗。

四、涵養美學

優美的圖畫書大都具備簡淺的文字、調和的色彩和精美的印刷，它可以說是一種陶冶孩子心性、創造視覺效果的藝術品。所以長久浸淫在優美的圖畫書中，個人的審美態度與審美能力必然受到薰陶滋養。

五、增進閱讀樂趣

圖畫書需要父母時常朗讀給孩子聽。在這一段親子共讀的時光裡，父母的語言、情感、思想，毫不保留地傳遞給孩子。孩子無形中體驗閱讀的樂趣。而在閱讀環境下長大的孩子自然而然樂於看書，終生與書為友。

六、培養創造想像的能力

圖畫書的文字簡明，而插圖細膩，因此孩子的想像力與

創造力得以自由馳騁，並進而產生學習遷移的效果，奠定日後探索思考、解決問題的基礎。

肆▪圖畫書發展史

一、西洋圖畫書的發展

西洋圖畫書的發展已有五百多年的歷史，茲以表 1-2 說明之：

◈ 表 1-2　西洋圖畫書發展簡史

年　代		歷　　　　史
十八世紀前	1484	威廉‧康斯頓的《伊索寓言》包含一百多幅木刻畫
	1550	角帖書
	1658	康米紐斯的《世界圖繪》為世界第一本兒童圖畫書
十八世紀	1744	紐伯瑞出版了《美麗袖珍本小書》為世界第一本袖珍小書
	1771	比維克的《鳥獸的新奇書》為藝術家為童書插畫的開始
	1789	布萊克的《天真之歌》為兒童詩歌創作開始
十九世紀	1865	瓦特‧克倫的《傑克所蓋的房子》為其第一本玩具書，也是現代彩色插畫的開始
	1878	倫道夫‧凱迪克的《騎士約翰的趣聞》為十六本圖畫書的第一本
	1878	凱特‧格林威的《窗戶下》出版，充分反映兒童時期的快樂時光
二十世紀	1902	波特女士的《小兔子彼得的故事》，為現代圖畫故事書之始
	1922	美國設立紐伯瑞兒童文學獎
	1938	美國設立凱迪克大獎
	1956	英國設立凱特格林威大獎、德國設立繪本大獎
	1965	聯合國教科文組織贊助成立布拉迪斯國際插畫雙年展
	1967	首屆義大利波隆那國際兒童書展揭幕

(一) 十八世紀前的圖畫書

圖畫書的出現最早可追溯到十八世紀前的中古世紀。中古時期的兒童書籍相當少，而且內容是以宣揚道德及指導品行為主，其目的在教育兒童而非娛樂兒童。自從 1476 年英國印刷商威廉‧康斯頓（William Caxton,1422~1491）設立印刷廠，才開始運用印刷術印製兒童書籍。在其所印的一百多本書中，《列那狐的故事》、《伊索寓言》、《阿德王的貴族歷史》等三本書係針對兒童閱讀所印製。這些書中含有簡單的插圖，例如：伊索寓言就包括一百多幅以上的木刻畫。

印刷術雖然發明，然而書籍的價格昂貴，普通家庭無力為兒童購買書籍。此時，角帖書（Horn Book）於 1550 年盛行於歐洲各地。角帖書並非真正的書，它是在木板或金屬薄片上印刷文字，然後再用透明的角片覆蓋在上面，以保護印好的紙頁。內容為字母、字音表、數字及主禱文。每一片薄角板下端為手持部分，上面有小孔可以將繩子穿過去，套在頸子或手腕上，以免遺失。

◎圖 1-1　角帖書

由於圖畫書鎖定的閱讀對象不同，因此學者們對第一本圖畫書究竟從何時誕生，仍有所爭議，然而一般都公推 1658 年捷克教育家康米紐斯（John Amos Comenius, 1592~1670）所編寫的《世界圖繪》（*Obis Pictus*）為第一本兒童圖畫書。康米紐斯主張感官教學，他認為透過具體實物的觀察印象最深刻，譬如「告訴學童犀牛的定義是什麼，屬於什麼動物，生活於何處，體積多少，性情如何。不如帶學童去動物園參觀，或在書中畫一頭犀牛的圖。」（林玉体，民 83）；此外，他認為拉丁語言的學習只適用於少數人，不能普及多數運用母語的人。因此《世界圖繪》一書運用拉丁文及捷克語（各地母語）寫成，每頁都有主題，以圖畫為主，配合簡單的文字，給予兒童正確的了解。

◎圖 1-2　世界圖繪

（二） 十八世紀的圖畫書

十八世紀盧梭自然主義的觀點興起，社會上開始重視兒童的需要。此時，英國出現世界第一家童書專賣店並出版兒童喜歡的袖珍小書，期間有藝術家開始為圖畫書插畫，兒童詩歌亦盛行。

1744 年英國出版商兼作家約翰‧紐伯瑞（John Newberry, 1713~1767）在倫敦創立世界第一家童書專賣店，並出版了《美麗袖珍本小書》（*A Little Pretty Pocket Book*），這是第一本專為兒童設計的小書，該書以趣味化的方式教導字母，除設計燙金的封面、花邊的紙張、趣味的遊戲、迷人的故事與詩歌外，並配合圖書提供玩具。該書由於印刷精美、內容豐富，因此深受兒童喜愛。此外，他還印有一種通俗小冊子，內容是英雄傳記、神話、歌謠等，由商人沿街叫賣，價格低廉，頗受一般人的喜愛。

在十八世紀以前的插畫，特別是廉價書都是簡陋的木刻畫，即使有彩色，也是由業餘畫家依據指導手冊加以上色。英國藝術家湯姆斯‧比維克（Thomas Bewick）運用技巧純熟的雕刻技巧，使其插畫達到前所未有的優美境界，成為第一位童書插畫藝術家。1771 年其作品《鳥獸的新奇書》（*The New Lottery Book of Birds and Beasts*）出版，比維克在該書中首創知名插畫家在書上簽名的例子。

威廉‧布萊克（William Blake）創作許多兒童喜歡的詩歌，如 1789 年的《天真之歌》（*Songs of Innocence*）、1794 年的《經驗之歌》（*Songs of Experience*）。布萊克的詩歌富有感情、充滿想像，使兒童在吟誦之後，體驗到詩歌的優美

而非說教的意味，屬於童詩類圖畫書的代表作。

㈡ 十九世紀的圖畫書

　　十九世紀彩色圖畫書開始出現，無論在風格、插畫、印刷上都有優良的表現。十九世紀中期，英國三位畫家瓦特‧克倫（Walter Crane）、凱特‧格林威（Kate Greenaway）、倫道夫‧凱迪克（Randolph Caldecott）於 1850 年在名出版家愛德慕‧艾文斯（Edmund Evans）的畫坊合作出版彩色圖畫書。對於三位畫家的特色，Ruth Hill Viguers 在愛德慕‧艾文斯的《凱特格林威寶藏》（*The Kate Greenaway Treasury*）一書中有如下的介紹：這些藝術家的作品代表兒童圖畫書在各方面的最佳表現，如瓦特‧克倫的設計力、豐富的色彩及細節；倫道夫‧凱迪克藝術的說服力、幽默、活力、動感；凱特‧格林威對於兒童柔和、高貴、優雅的人格詮釋（引自 Norton, 1983）。瓦特‧克倫的《傑克所蓋的房子》（*The House That Jack Built*）於 1865 年出版，為他一系列玩具書的第一本，也是現代彩色插畫的開始。倫道夫‧凱迪克在 1878 年所出版的《騎士約翰的趣聞》（*The Direting History of John Gilpin*），展現出其描繪粗野角色、動作及幽默的能力。著名的凱迪克獎即為了紀念該位藝術家而設立。凱特‧格林威的第一本書《窗戶下》（*Under the Window*）於 1878 年出版，其插畫反映出兒童時期的快樂時光及英國鄉間繁花盛開的景象，值得一提的是畫中孩子都穿著華麗的衣服，這些衣服樣式深深影響當時孩子們的穿衣式樣。著名的格林威大獎即為了紀念該插畫家所設立。

㈣ 二十世紀的圖畫書

二十世紀為圖畫書的輝煌世紀。受到兒童本位的教育呼聲影響，各國對兒童教育十分重視，與兒童教育有密切相關的兒童文學，更受到重視，圖畫書的出版乃呈現一片欣欣向榮的現象，圖畫書獎項紛紛成立。

英國波特女士（Beatrix Potter）於 1902 年出版了風靡全世界的《小兔子彼得的故事》（*The Tale of Peter Rabbit*）。這個故事原是波特女士為一位生病孩子所寫的信，而後波特女士將這些長達八頁，繪有小插圖的信潤飾修改，集結成冊出版。該書主要是描述一隻頑皮、不聽話的小兔子彼得自討苦吃的故事。由於該書中將小兔子彼得的行為相貌描繪得栩栩如生，且反映出兒童內心的需求及情感，使得該書出版後立刻受到小朋友的喜愛，而被視為現代圖畫故事書的創始，堪稱為圖畫書進入新世紀的里程碑。

此後，世界各地紛紛設立鼓勵兒童文學發展的重要獎項，例如：美國圖書館協會（ALA，American Library Association）兒童服務部門，為紀念約翰‧紐伯瑞的貢獻，於 1922年設立「紐伯瑞獎」（The Newberry Medal），以鼓勵該年全國最佳兒童文學作家；此外，為紀念英國插畫家倫道夫‧凱迪克的成就與貢獻，於 1938 年設立「凱迪克大獎」，授獎給前一年度美國所出版的最佳兒童圖畫書插畫家，歷年來培育出許多插畫家及傑出作品。英國圖書館協會於 1955 年設立「格林威大獎」，以紀念十九世紀偉大的兒童插畫家凱特‧格林威。1956 年德國設立「繪本大獎」，同年，國際青少年兒童讀物委員會亦設立「國際安徒生大獎」，頒獎給對兒童

文學有卓越貢獻的作家，1966 年更增設插畫獎，堪稱兒童文學的諾貝爾獎。1965 年在聯合國教科文組織贊助下促成「布拉迪斯國際插畫雙年展」的設立。1967 年首屆義大利波隆那國際兒童書展於捷克布拉迪斯市揭幕，堪稱世界上規模最大的插畫展（參閱第九章頁 227）。

從世界各國不遺餘力地設立各種獎項來鼓勵圖畫書出版的現象來看，未來的兒童將更有機會相互閱讀不同國家的作品，此種相觀而善的做法，將為孩子帶來無限希望的和平新世紀。

二、台灣圖畫書的發展

台灣圖畫書的普遍發展為最近一、二十年的事，茲以表 1-3 說明如下（李冠瑢，民 87；何三本，民 84；鄭明進，民 85）：

◎表 1-3　台灣圖畫書發展簡史

年　　代		歷　　　　　　史
民國七十年前	民 54	國語日報出版「世界兒童文學名著選輯」
	民 62	台灣省政府教育廳出版中華兒童叢書
	民 66	光復書局出版「彩色世界兒童文學全集」
	民 67	成立信誼基金會出版社，為國內第一個幼兒圖書出版社
	民 68	信誼基金會出版幼兒圖書書

（續下表）

民國七十至八十年	民 70	漢聲出版社出版《中國童話》
	民 73	漢聲出版社出版「世界最佳兒童圖畫書」
	民 74	漢聲出版社出版《漢聲小百科》
	民 76	信誼基金會創設「信誼幼兒文學獎」
	民 77	彥棻文教基金會及中華民國兒童文學學會設立「中華兒童文學獎」
	民 78	徐素霞以《水牛和稻草人》入選波隆那國際兒童書插畫展
民國八十年後到現在	民 80	王家珠以《懶人變猴子》獲亞洲插畫雙年展首獎 陳志賢的《小樟樹》入選波隆那國際兒童書插畫展
	民 81	劉宗慧的《老鼠娶新娘》獲西班牙加泰隆尼亞插畫大獎 段云芝的《小桃子》和王家珠的《七兄弟》入選波隆那國際兒童書插畫展
	民 82	台灣人首次參加波隆那國際兒童書展 台灣英文雜誌社及中華民國兒童文學學會設立「陳國政兒童文學獎」
	民 83	王家珠的《新天糖樂園》和劉宗慧的《元元的發財夢》入選波隆那國際兒童書插畫展
	民 84	國語日報社成立「兒童文學牧笛獎」 楊翠玉的《兒子的大玩偶》入選波隆那國際兒童書插畫展 BIB 布拉迪斯國際插畫雙年展「九五年世界巡迴展」在台北展出 日本圖畫書評論家松居直在台北舉行「親子共讀圖畫書」並出版《幸福的種子》
	民 85	「1996 國際兒童繪本原畫展」在台北展出 行政院新聞局設立「小太陽獎」

（續下表）

民 86	「波隆那國際兒童書插畫展」、「1998 福爾摩莎兒童圖書插畫展徵獎」在台北舉行	
民 87	「台灣兒童插畫藝術節」在台北展出「波隆那國際兒童書插畫展」、「插畫大師英諾桑提個展」、「兒童圖書插畫展」、「全國兒童繪畫日記展」	
民 88	亞洲兒童文學大會在台北召開 「波隆那國際兒童書插畫展」與「國際插畫大師布赫茲與彼得席斯雙個展」在台北展出	

㈠ 民國七十年前

民國七十年前的台灣圖畫書，只有少數從國外引介或零星的出版品，例如：民國五十四年由國語日報出版的一百二十本「世界兒童文學名著選輯」，其中有若干本榮獲美國凱迪克大獎。

民國六十二年十二月台灣省政府教育廳兒童讀物編輯小組，曾以中華幼兒叢書的形式，出版了八本幼兒圖畫書。

其後，光復書局於民國六十六年出版一套二十五冊「彩色世界兒童文學全集」，率先將國內的兒童讀物帶入一個彩色精裝世界，刺激了出版、印刷、裝訂的製作，使得國內颳起一場套書風，至今仍未止息。

民國六十七年信誼基金會出版社成立，是國內第一個為幼兒出版圖書的出版社；翌年，出版以三至六歲幼兒為對象的「幼兒圖畫書」，在當時鮮少為兒童製作圖畫書及製作品質不佳的環境下，此舉堪稱為台灣圖畫書發展史上第一個里

程碑。

（二）　民國七十年至八十年

　　圖畫書在台灣地區成為通行的語彙，大約是在民國七十年代以後。民國七十年，漢聲出版社出版自製的《中國童話》十二冊，引起極大的讚美與回響。民國七十三年，漢聲出版社率先從國外引進了內容精彩的「世界最佳兒童圖畫書」，這套書將內容分為心理成長和科學教育二大類。此套書的推出，造成一股強而有力的圖畫書旋風，獲得讀者大力的支持與喜愛，這對圖畫書才剛起步的台灣，無疑是打了一劑強心針。民國七十四年，漢聲出版社再度推出自製的《漢聲小百科》十二冊，使得台灣圖畫書的推廣又向前邁進了一大步。

　　民國七十六年，信誼基金會為了推廣國內幼兒文學的創作風氣，創設「信誼幼兒文學獎」，歷屆得獎作品都有機會出版，使本土優秀圖畫書能和讀者見面。

　　民國七十七年起投入圖畫書製作的出版社日漸增多，達到上百家。

　　民國七十八年，國立新竹師範學院副教授徐素霞，以《水牛和稻草人》入選「波隆那國際兒童書插畫展」，為國內第一位榮獲此獎的插畫家。

（三）　民國八十年後到現在

　　民國八十年起，台灣圖畫書出版的量與質，與日俱增，不僅在國內受到文學界、出版業、教師、家長各方的重視，更因品質精良而行銷於國際。政府和民間團體紛紛運用不同的方式鼓勵圖畫書的創作和出版，包括優良圖畫書的推薦及

圖畫書獎項的設置，如：信誼幼兒文學獎、中華兒童文學獎、陳國政兒童文學獎、國語日報兒童文學牧笛獎，以及新聞局設立的小太陽獎等，使新人有許多嶄露頭角的機會，並帶動整個社會的參與和對圖畫書的認識，為台灣圖畫書的發展創造一個更有可為的大環境。

民國八十二年，行政院新聞局大力促成台灣出版人參加1993年波隆那國際兒童書展，此為台灣人首度參加的圖畫書盛會，台灣的兒童圖畫書得以藉此機會向國際市場進軍。

民國八十三年起，兒童圖畫書市場比往常更加熱絡，無論是自製書、翻譯、改寫作品，都有佳作出現。自製書方面，如光復的「幼兒成長圖畫書」；信誼的「圖畫書創作系列」、「信誼幼兒文學獎」；國語日報的「牧笛獎精品叢書」；佛光的「百喻經圖畫書」等紛紛問世。翻譯方面，如信誼的「童話童畫創作寶盒」、「上誼世界圖畫書金獎系列」；遠流的「大手牽小手」、「世界繪本傑作選」、「我會愛精選繪本」、「波拉蔻故事繪本」系列；格林的「國際安徒生大獎精選」、「世界繪本五大獎精選」、「最受喜愛的世界名著」、「格林名家繪本館」；三之三文化的「世界大獎圖畫書」；台英的「世界親子圖畫書」；大樹的「世界精選大樹繪本系列」等陸續出籠。改寫方面，如格林的「繪本莎士比亞」、「大師名作繪本」、「繪本世界四大童話」等精緻的圖畫書以異軍突起之姿呈現在國人面前。

民國八十四年起，世界性的圖畫書插畫展來到台灣，使圖畫書的發展進入另一個高峰。八十四年十二月至八十五年一月，布拉迪斯國際插畫雙年展「九五年世界巡迴展」在台

北市立美術館展出。民國八十五年一月，格林文化出版公司於台北縣立文化中心舉辦「1996 國際兒童繪本原畫展」。民國八十六年一月，「波隆那國際兒童書插畫展」在台灣藝術教育館中正藝廊展出；同年，信誼基金會亦舉辦「1998 福爾摩莎兒童圖書插畫展徵獎」。民國八十七年一月，「台灣兒童插畫藝術節」在中正藝廊展出，除了展出「波隆那國際兒童書插畫展」，亦展出「插畫大師英諾桑提個展」、「兒童圖書插畫展」，並配合辦理「全國兒童繪畫日記展」。民國八十八年八月亞洲兒童文學大會在台北召開。民國八十八年十二月二十四日至八十九年一月二十三日，「波隆那國際兒童書插畫展」系列活動在中正藝廊展開，除了展出「波隆那國際兒童書插畫展」與「國際插畫大師布赫茲與彼得席斯雙個展」外，更增加「兒童閱讀年」國際插畫大師創作展，及「插畫家的故事」、「圖畫書的誕生」錄影帶拍攝計畫，將「插畫藝術」的觀念帶入國人的生活，培養民眾對插畫藝術的興趣。

除此之外，台灣插畫家亦頻頻獲得世界插畫大獎，例如：民國八十年王家珠所畫的《懶人變猴子》獲亞洲插畫雙年展首獎，陳志賢的《小樟樹》入選波隆那國際兒童書插畫展；民國八十一年劉宗慧的《老鼠娶新娘》獲西班牙加泰隆尼亞插畫大獎，段云芝的《小桃子》和王家珠的《七兄弟》入選波隆那國際兒童書插畫展；民國八十三年王家珠的《新天糖樂園》和劉宗慧的《元元的發財夢》入選波隆那國際兒童書插畫展；民國八十四年楊翠玉的《兒子的大玩偶》入選波隆那國際兒童書插畫展。

綜上所述，台灣圖畫書的創作和出版，起步雖較其他先進國家為晚，然而從出版的質與量的成長來看，卻見其旺盛的出版熱力，此舉無異鼓勵孩子以八爪章魚之姿，掌握圖畫書的新資訊；而未來圖畫書走向更朝向「國際化」與「全球化」發展，且為了因應科技的突飛猛進，「電子書」及「網路」也即將變成圖畫書的新寵兒。在多家出版社相互較勁下，圖畫書早已成為活絡童書市場不可或缺的原動力。

參考書目

何三本（民84）。幼兒故事學。台北：五南。

李冠瑢（民87）。兒童插畫於平面設計之創作研究——以圖
　　畫書爲例。國立師範大學美術研究所碩士論文。

林玉体（民83）。西洋教育思想史。台北：三民。

郭麗玲（民80）。在畫中說故事的「圖畫書」。社教雙月
　　刊，46，20-33。

鄭明進（民85）。兒童圖畫書大事記。雄獅美術，302，
　　52-54。

蘇振明（民76）。看圖、欣賞與學習——認識兒童讀物插畫
　　及其教育性。輯於馬景賢主編的「認識兒童讀物插畫」
　　，16-27頁。中華民國兒童文學學會。

思考與討論

一、圖畫書和有插畫的書同屬於有圖有文字的書，然而兩者有什麼不同？

二、在圖畫書應具備的特質中，你認為哪一種特質較為重要，為什麼？

三、請以周遭的例子說明圖畫書對孩子的影響。

四、中外圖畫書在歷史發展上有什麼差異？這些差異對圖畫書的出版有什麼不一樣的影響？

學習活動

一、請前往居家附近的圖書館，調查兒童圖書館內圖畫書的閱讀狀況，並訪問圖書館員及借閱的家長和孩子對圖畫書的想法和看法，以及你自己的心得感想。

兒童圖書館圖畫書閱讀狀況暨意見調查表		
館名：	調查者：	調查時間： 年 月 日
閱讀狀況	1.該兒童圖書館的圖畫書藏量占全部書藏量的幾分之幾？ 2.借閱的圖畫書大約占總借閱量的幾分之幾？ 3.借閱圖畫書的年齡層大約多大？	
意見調查	調 查 對 象	意 見
	兒童圖書館員	
	家 長	
	孩 子	
心得感想		

二、請參考表 1-1，以一本得獎圖畫書爲例，分析該書所具備的特質。

圖畫書特質分析	
書　　名：＿＿＿＿＿＿＿＿＿	作者：＿＿＿＿＿＿＿＿＿
出 版 社：＿＿＿＿＿＿＿＿＿	畫者：＿＿＿＿＿＿＿＿＿
出版時間：＿＿＿＿＿＿＿＿＿	譯者：＿＿＿＿＿＿＿＿＿
兒童性	
藝術性	
教育性	
傳達性	
趣味性	

第2章

圖畫書的種類

學習目標：

◆認識不同材質的圖畫書
◆了解不同內容的圖畫書
◆認識特殊形式的圖畫書

圖畫書的種類可以依據許多不同的向度來分類，例如材質、內容、形式或插畫方式等。圖畫書的插畫方式在本書的第三章有詳細的說明，不再贅述。本章將依據圖畫書的材質、內容以及特殊形式分類說明。圖畫書依據材質的不同可以分成紙書、塑膠書、布書、木板書、有聲書；依據內容可以分成兒歌、童詩、圖畫故事書、概念書、字母書、數數書、知識書；此外，還有一些特殊形式的圖畫書，如玩具書、無字圖畫書、簡易讀物、預測性圖畫書等。期望透過這樣的分項敘述與介紹，能使讀者釐清概念，一窺全貌。

壹 ■ 不同材質的圖畫書

一、紙書

　　紙是圖畫書中應用最普遍的印刷材質。由於紙書易於切割、摺疊、挖洞處理，因此在形式上可作多樣的變化，例如：大書、小書、連頁書、摺疊書、拼圖書、立體書、洞洞書、翻翻書等。大書即大開本書，適合老師團體教學之用；小書又可稱為口袋書，方便攜帶；連頁書具有部分與組合的效果；摺疊書在說故事的過程中，隨著劇情可做大小及伸縮的變化；硬紙板書（Board Book）由於紙質厚實堅硬、裝訂牢固，非常適合幼兒翻閱，因此常常被設計為玩具書。

二、塑膠書

　　塑膠書大都以日常生活用品、食物、玩具、動物等內容為主，由於畫面大、色彩鮮豔，極適合出生嬰兒觀賞。大部分塑膠書的夾層中會附有海綿或小零件，因此摸起來感覺柔軟，搖晃或擠壓時會發出聲響，足以滿足幼兒好奇的天性。塑膠書的設計有分頁及連頁的不同。分頁設計的塑膠書適合坐著閱讀，連頁設計的塑膠書則適合放在小床邊供嬰兒躺著或趴著時看。塑膠書除了閱讀之外，還可以讓孩子撕、咬、啃；當然，最特別的是塑膠書可以讓嬰幼兒帶進澡盆邊洗邊玩，不但增進洗澡的樂趣，還可以幫助孩子克服懼水的情緒。

三、布書

　　布書的特點是安全輕巧、耐操作、可清洗。常見的布書設計是在書中附加玩偶或設計各種實際操作的遊戲，以增加操作性及趣味性。例如：布書中所附加的玩偶除了可以在每一畫面中穿插使用外，亦可透過黏貼方式玩數數、顏色、形狀配對的認知活動。至於布書中所設計各種實際操作的遊戲，大都以促進小肌肉的活動為主，例如：拉拉鍊、扣鈕扣、繫鞋帶、戴手套、織籃子等。有些書甚至設計成一座農莊，孩子在布書上可以模仿農莊的生活，進行開關、升降物品、數數、角色扮演、看圖說故事等有趣的操作遊戲及語文活動。

四、木板書

由於木板書製作成本較高且重量較重，因此，此類書籍甚少，內容也是屬於指物命名的書籍，適合嬰幼兒觀看。

五、有聲書

近年來，配合圖畫書所出版的錄音帶、CD、錄影帶如雨後春筍般逐漸增多。由於學齡前的幼兒聽覺記憶優於視覺記憶，因此利用故事卡帶可以提升學習效果。至於 CD 及錄影帶則是透過動態畫面或操作的趣味來捕捉孩子的目光，藉由動畫所傳遞的訊息加深印象，增進閱讀理解力，並激發閱讀的興趣。因此，有聲書具有輔助閱讀的功能。然而須注意的是，在孩子聆聽故事錄音帶、觀賞錄影帶及操作電腦 CD 之後，應引導孩子主動回到書本的閱讀上，避免過度停留在視聽材料的刺激下，而影響圖畫書的欣賞與品味。

貳．多樣內容的圖畫書

一、兒歌

兒歌是符合兒童心理的諧韻歌詞（林文寶等，民 86），由於兒歌內容平淺易懂、音韻流暢、語句短俏，使得大多數人從孩提時代便在母親的耳濡目染下朗朗上口。所以，兒歌可以說是每個人最早接觸的文學作品。國外傳統兒歌集《鵝

媽媽故事》（*Mother Goose*），版本相當多；而國內傳統兒歌集可分為國語兒歌及台語兒歌兩種，前者如《荷花開‧蟲蟲飛》，後者如《紅田嬰》等；至於創作類兒歌集大都涵蓋多種不同類型的兒歌，例如《小胖小》介紹顛倒歌、問答歌、數字歌、連鎖歌等；至於台語兒歌也日漸增多，《紅龜粿》、《指甲花》呈現道地台語的優美和親切，活潑又生動；此外，也有不少兒歌類圖畫書以介紹手指遊戲為主，如《手指遊戲動動兒歌》。

兒歌富有強烈的韻律感，最能讓孩子琅琅上口

選擇兒歌類圖畫書，必須考慮下列幾點原則：

1. 所運用的語言必須清楚而自然。

2. 插畫的背景不要太複雜，以免分散注意力。

3. 內容必須提供趣味性或幽默感，使孩子在吟誦之餘能夠參與互動。

二、童詩

　　童詩是以精鍊、音樂性的文字，詩的技巧及形式，表現兒童真摯感情世界的人己事物，重視意象的浮現，造成音韻、圖畫美感的意境，具明快趣味，兒童樂於閱讀，且能促進正面成長的作品（張清榮，民80）。童詩與兒歌常會令人混淆不清，事實上，兩者在適用對象、性質、寫作方式上不盡相同。童詩的適用對象以幼兒及學齡兒童為主，兒歌則以嬰幼兒為主；童詩偏重欣賞與陶冶，兒歌偏重認知與實用；童詩較不重視押韻，而兒歌則著重押韻。目前童詩類的圖畫書數量與兒歌類圖畫書相較，顯然少很多，有興趣者不妨欣賞《為什麼，為什麼不？》、《星星樹》、《詩畫水果》、《那裡有條界線》、《我愛玩》以及《雙胞胎月亮》等小詩人系列。

　　選擇童詩類圖畫書，除了注意插畫要清楚呈現文字的寓意，且與文字出現在同一頁之外，就童詩的內容本身而言，必須考量下列因素（Norton, 1987）：

1. 具有令人興奮的節奏與旋律的童詩更容易引起孩子的共鳴。

2. 童詩應該強調文字的發音，並鼓勵玩文字遊戲。

3. 運用銳利突出的視覺意象及新鮮新奇的文字可以擴展孩子的想像，並運用新方式來觀看或傾聽這個世界。

4. 童詩應該說明簡單的故事並介紹令人興奮的動作背景。

5. 不要選擇專為某一年齡層而寫的童詩。

6. 最有成效的童詩是小心運用未完成的訊息，讓孩子有解

釋、感覺及涉入的空間。引發讀者發現不足及不了解部分的程度是另一種評估童詩價值的方法。這些詩能鼓勵孩子擴展比較、意象及發現嗎？

7.主題應該使孩子感到愉悅、告訴他們一些事、使孩子本身高興、勾起快樂的回憶、搔到他們的癢處、鼓勵他們探索。

8.童詩應好到足以使人持續性地反覆閱讀。

三、字母書

字母書（alphabet books）的發展可謂源遠流長，從 1500 年前的角帖書（horn books）開始，便有 ABC 字母及簡易的插畫。字母書由易而難可以分爲五種基本形式（Rains & Isbell, 1994）：(1)字母和單一物品的組合；(2)字母和多樣物品的組合；(3)簡單故事或說明；(4) ABC 問題或謎語；(5)主題字母。國外的字母書相當於國內的注音符號書，而目前國內的注音符號書以注音符號配合兒歌居多，例如《兒歌ㄅㄆㄇ》、《大家來唱ㄅㄆㄇ》等。

爲孩子選擇字母書須注意下列幾個原則：

1. 用以表示字母的物件大小應適當，容易辨認。

2. 每一個字母盡可能用一、兩種物件代表。

3. 字母的印刷應特別清晰。

4. 字母最好和物件呈現在同一頁。

5. 物件應清晰地代表這個字母的發音。

6. 書的整體設計應色彩豐富吸引人。

7. 每一頁的插圖內容不要過多，以免妨礙兒童對字母和對應

物件的辨識。

8.避免運用有許多別稱的物件。

四、數數書

數數書（counting books）可以加強數字與數量的連結，其範圍從簡單到複雜，可以包括四種（Rains & Isbell, 1994）：(1)簡單數詞與圖案的配合，一對一的關聯；(2)數詞、物品及數字的連結；(3)加減；(4)應用題。大部分的數數書是從 1 到 10 的介紹，例如《123 數數兒》；也有一些數數書以「階乘」的方式呈現數概念，例如《壺中的故事》即是一例；《門鈴又響了》則藉由客人來到如何分配餅乾的故事，教導除法的概念。

選擇數數書，應留意下列幾點原則：

1.用來數數的物件必須清楚顯著。

2.數量必須絕對正確。

3.用以數數的物件應是孩子所熟知的。

4.必須區分清楚數數的方式是個別數數或分組數數。

五、概念書

概念書（concept books）是一種描繪一件物品、一類物品或一種抽象觀念的圖畫書。概念書不僅可以豐富孩子的說話內容，促進語彙能力；還可以提高孩子的知覺敏銳度以捕捉抽象觀念；當然更可以促進孩子的認知發展，擴大對世界的了解。因此可以說是孩子的「第一本知識書」。概念書所包括的範疇很廣，除了前述的字母書與數數書之外，其他生

活中所應該了解的概念，諸如大小、重量、形狀、空間（近遠、前後、上下、左右）、感覺（顏色、聲音、味道、感觸、軟硬、亮暗等）、時間（年、月、日、星期、小時、早午晚、四季）、常見事物（交通工具、動植物名稱、日常用具用品）的認知。此類書籍的出版，如《幼幼認知小書》教導孩子認識對比概念、顏色、形狀、身體、交通工具、電器用品、動物、水果等；《幼兒迷你字典》教導孩子認識顏色、形狀、遊戲、衣服、交通工具、動物等；《認知小百科》教導孩子認識家、食物、顏色、交通工具、動物、商店、形狀、數學等；《火車快跑》則透過一節節車廂教導孩子認識各種車廂的名稱、功能及顏色。

概念書的選擇原則如下：

1. 呈現概念的例子必須清楚而無混淆。
2. 代表概念的物件必須切合、功能必須清楚。
3. 所呈現的概念應該在孩子的理解範圍內。

六、圖畫故事書

圖畫故事書（picture story books）是一種以圖像語言說故事的圖畫書，其閱讀群主要是可以自行閱讀的孩子。圖畫故事書的內容相當廣泛，舉凡寫實的生活故事、歷史故事以及科學故事，或想像的童話、神話、寓言、民間故事等都涵蓋在內。優良的圖畫書可以培養語言鑑賞力、鼓勵口語溝通、拓展認知性思考運作、培養情感表達並增進藝術的敏銳性（Rothlein & Meinbach, 1991）。

相較於其他類別，圖畫故事書的出版最為蓬勃發展，例

如，以生活故事為主的「我會愛精選繪本」；以傳說及民間故事為主的「繪本台灣民間故事」、「繪本童話中國」等；以童話為主的「繪本世界四大童話」；以歷史故事為主的「四大探險家」；此外，結合寓言、傳說、神話的「中國傳家故事寶典」等都是兼具圖文之美的上乘圖畫故事書。

圖畫故事書的選擇可參閱表 9-3（頁 232）圖畫書評鑑要點以為參考。

七、知識書

知識書（information books）是提供事實和知識的書，內容包括人體、動植物、食衣住行、天文、史地、數學、圖鑑等。此類書籍對於處於好問、好奇、探索的孩子而言，無疑是汲取新知的寶典，因此知識書可以說是打開孩子智慧的金鑰匙。此類書籍相當多，例如：《認識自己的身體》運用有趣的圖案及小試驗來引導孩子了解人體的構造及運作；《蛋》則藉由特寫鏡頭來講述各種卵生動物的孵化過程，激發孩子對生命的興趣與喜好。《進入科學世界的圖畫書》藉由生活中的實例，讓孩子理解光、水、空氣、生長、磁鐵等等科學原理。《蒲公英》藉由寫實清晰的手繪圖，將蒲公英的生活史交代得一清二楚。

父母面對五花八門的知識書時，應該如何選擇？以下提供幾點選購圖畫書的建議：

1. 內容的取捨要切合孩子認知發展。
2. 內容必須從生活化的角度切入介紹。
3. 描述時應將事實變化的過程呈現出來。

4.資料正確，隨時修訂再版。

5.版面設計重視視覺效果。

6.不傳遞價值判斷。

7.著作版權標示清楚。

參▪特殊形式的圖畫書

一、玩具書

　　玩具書（toy books）是結合圖書與玩具的形式，兼具閱讀及遊戲功能的書籍。此類書籍係針對兩歲前的孩子設計，因此特別強調玩具的操作、趣味及遊戲功能，又稱為參與書（participation books）。玩具書講求特殊的操作方式，例如：碰觸按鍵發出聲音、附加轉動輪子或貼上動物毛皮、增加氣味或質感、挖洞、翻轉、拼圖、立體、劇場……類型之多，不勝枚舉。目前玩具書大都配合認知的學習，如《翻轉拉跳立體玩具書》讓孩子在簡單的手指操作中學習相反詞概念；《毛絨絨的小鴨子》藉由觸摸來學習形狀、顏色及感覺的概念；《我會自己穿衣服》讓孩子學習扣扣子、拉拉鍊等穿衣技能；此外，《晚安小熊》藉由附加的玩偶讓孩子一邊聽故事，一邊進行睡前的儀式，如抱抱、親親、拍拍、揉揉眼睛等；《想睡覺的獅子》以故事劇場的方式，讓孩子隨心所欲地變化獅子、公雞、老鼠等布偶來講故事。

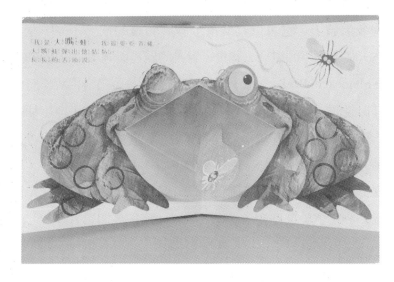

照片出處
《張開大嘴呱呱呱》
（上誼）
肯思・福克納／文
喬納森・藍伯／圖
陳淑惠／譯

玩具書的特殊設計，讓孩子充分享受操作學習的樂趣

　　為兩歲前孩子選擇玩具書，可以考慮以下幾點（陳娟娟，民81）：

1. 耐咬耐摔耐撕且安全。

2. 容易清洗。

3. 質地輕、大小適中、容易拿取。

4. 色彩鮮明但不複雜。

5. 圖形大而單純、線條簡單。

6. 內容以孩子生活周遭常見的事物為主。

7. 兼具趣味性、操作性、認知性。

二、無字圖畫書

　　無字圖畫書（wordless picture books）是一種沒有文字，

純粹靠插畫來詮釋故事的圖畫書。無字圖畫書對孩子而言有許多價值，「它可以幫助孩子發展閱讀的技巧——由左至右、從上到下的概念，翻頁、對書的欣賞與尊重」（Rothlein & Meinbach, 1991）。此外，當孩子配合著圖畫自編故事時，其口說語言得以發展，創意思考得以激發；當孩子運用插圖「讀」故事時，其故事感及理解力也跟著發展，增進與書互動的樂趣。目前，無字圖畫書的出版逐漸增多，例如：《早安》、《晚安》、《下雨了》、《下雨天》、《夢幻大飛行》、《小象旦旦》、《雪人》、《瘋狂星期二》等。

父母在為孩子選擇無字圖畫書時，必須考慮到下列問題（Norton, 1987）：

1. 對組織技巧正在發展的孩子而言，該書的架構是否具有連接性的組織化情節？
2. 細節深度是否適合孩子？（過多的細節使孩子感到挫敗，過少則使孩子感覺枯燥）
3. 孩子是否有足夠的經驗背景去了解或解釋插畫？當他們獨自閱讀時，能否自行解釋？或者需要與大人互動？
4. 書的大小是否合適？（團體分享時需要大書）
5. 主題是否吸引孩子？

三、簡易讀物

簡易讀物（easy-to-read books）是專為具有基本閱讀技巧的兒童所設計而適合其自行閱讀的書籍。這些書籍與圖畫書相同的是有許多插圖以輔助故事的理解，然而所不同的是，其內容乃運用有限的字彙、容易理解的字詞以及特定的句子

與內容長度。因此，幼兒自行閱讀較無障礙，容易產生成就感及獨立感。例如：1957年蘇斯博士（Dr. Seuss）用二百多個單字所寫成的《戴帽子的貓》（*The Cat in The Hat*），全書中只運用十六個句子、一百個音節。每個句子都非常短，而且每個字都只有一個音節，此種控制語彙的方式相當適合幼兒朗讀，但須注意的是不適合成人唸給幼兒聽。

蘇斯博士的作品以簡易讀物爲主，此外，阿諾・羅北兒（Arnold Lobel）的《青蛙和蟾蜍》、《智慧寓言》、「羅北兒故事集」系列都是簡易讀物的經典之作。

爲孩子選擇簡易讀物，應考慮下列幾個因素：

1. 所運用的字彙及語句必須在孩子所能理解的範圍之內。
2. 內容不宜太長，以免孩子疲於閱讀文字而失去樂趣。
3. 趣味、幽默、誇張、想像的內容最適宜基礎讀寫能力的閱讀者閱讀。

四、預測性圖書

所謂「預測性圖書」（predict books）是指該書的內容具有重複性的語句形式、反覆性的故事內容或眾所周知的熟悉次序等特徵（林敏宜，民87）。當孩子閱讀一本圖畫書時，會透過某種邏輯或線索去猜測這本書的下一頁內容，那麼這本書就具有預測性。預測性圖書依照表現的形式可以分成三大類：㈠重複性的內容：透過反覆性的語句或故事內容來呈現，例如：《如果你給老鼠吃餅乾》、《三隻山羊嘎啦嘎啦》。㈡累積性的內容：以一個簡單的句子做爲故事的起點，並在下一頁的敘述之前都先重述前一頁的內容，然後再

增加新的語句，以至於愈到後面，語句愈長，描述愈詳。例如：《為什麼蚊子老在人們的耳朵旁邊嗡嗡叫》中，獅子大王推論貓頭鷹媽媽不肯叫醒太陽的原因，以及《永遠吃不飽的貓》中，胖貓回答別人問牠「吃飽了沒？」的方式都具有此種特色。㈢熟悉性的內容：運用一種眾所周知的順序，舉凡字母、數字、一週的七天、一年的十二個月、十二生肖、彩虹的顏色順序（七彩）等，來架構內容。例如：《好餓的毛毛蟲》（一週七天）、《壺中的故事》（數字）、《好忙好忙的耶誕老公公》（一年十二月）、《小豬在哪裡？》（十二生肖）、《忘了咒語的魔術師》（彩虹的顏色）等。

選擇預測性圖書，必須考慮下列幾點：

1. 孩子愈小，所選擇的圖畫書其預測性要更高。
2. 預測價值愈高的圖畫書，其每一頁就是一種相關性的變化。
3. 圖畫書中的預測性必須讓人一目瞭然，以免使孩子失去朗讀的樂趣。

꧁꧂

由上述各式各樣圖畫書的出版狀況來看，顯見台灣圖畫書的發展正方興未艾，此舉對兒童文學的認識與研究，具有火車頭般的促進作用，也是老少咸宜的閱讀新視界。

參考書目

林文寶、徐守濤、陳正治、蔡尚志（民86）。兒童文學。台
    北：五南。

林敏宜（民87）。預測性圖書的探討。中華家政學刊，27，
    126-139。

張清榮（民80）。兒童文學創作論。台北：富春。

陳娟娟（民81）。可看又可玩的玩具書。學前教育月刊，14
    (12), 14-15。

Norton, D. E. (1987). *Through the Eyes of A Child: An introduction
    to children's literature*. Ohio: Merrill Publishing Company.

Rains, S. & Isbell, R. (1994). *Stories: Children's Literature in Early
    Education*. New York： Delmar Publishers Inc.

Rothlein, L. & Meinbach, A. M. (1991). *The Literature Connection*.
    Illinois: Scott, Foresman and Company.

思考與討論

一、你認為不同材質的圖畫書各有什麼優缺點？

二、兒歌與童詩有什麼差異？

三、概念書應該如何選擇較為適當？

四、目前市售的玩具書，有哪些特殊設計？

五、簡易讀物與圖畫故事書有什麼差異？

六、什麼是預測性圖畫書？請舉例說明之。

學習活動

一、請分別列舉一本市售的布書、塑膠書、有聲書等出版品,並訪問使用者使用之後的建議。

種　類	出版品	使用意見
布　書		
塑膠書		
有聲書		

二、請訪問家長在選購圖畫書方面,偏重哪一類內容的圖畫書?為什麼?

三、請臚列不同設計方式的玩具書書目，並探討其功能。

玩具書的類型	玩具書書目	功　　能
翻翻書	小豬在哪裡？	藉由翻開找尋動物，使孩子享受猜測的樂趣。

四、請分別選擇一本預測性圖畫書及無字圖畫書，唸給幼兒聽，並比較幼兒傾聽後的不同反應。

	預測性圖畫書	無字圖畫書
圖畫書書目		
幼兒反應 （含口語反應 及肢體動作）		

第 3 章

插畫世界面面觀

學習目標：

♦了解插畫的意義
♦了解插畫在圖畫書中的功能
♦欣賞圖畫書的各種插畫技法
♦學習運用插畫要素來分析圖畫書的品質
♦了解世界傑出插畫家的畫風及其代表作

壹 ▪ 插畫的意義

插畫，英文 illustration，源自於拉丁文中的 illustradio，意指照亮之意，換言之，插畫具有可以使文字意念變得更明確清晰之意。插畫可以分成廣義與狹義兩種註解。廣義的插畫是指凡帶有濃厚的「描述思想感受」成分的藝術作品，包括平面製作（如描寫味濃的純繪畫、無字圖畫書）、浮雕及一些適於再拍製的立體作品，均可稱爲「插畫」。狹義的插畫指一切出現在印刷物中與文字結合的平面造型藝術作品，如各類圖表、照片、素描、水彩、水墨畫、油畫、版畫、攝影等（徐素霞，民 85）。

貳 ▪ 插畫的功能

插畫在圖畫書中不僅能增加美感的功能，還具有輔助文字意涵、增強主題內容的表現功能。以下說明插畫家們如何透過插畫來傳達並豐富文字的意涵。

一、傳達正文內容

圖畫書讓大部分的內容蘊含在插畫中，因此讀者可以藉圖了解文字意涵；甚且，在無字圖畫書中，插畫擔任了所有的敘事工作。雷蒙・布力格的《雪人》，運用小幅連續的畫

面敘說著寂寞男孩和雪人間的深刻友情；《夢幻大飛行》則呈現小男孩抱著地理圖鑑入睡後所經歷的驚奇之旅，醒來後才發現夢中的景象與床邊的恐龍玩具、跳棋、鴿子、金魚、湯匙、胡椒瓶、麵包等息息相關。

小幅連續的畫面，生動地刻畫出動作的連續性

照片出處
《雪人》（上誼）
雷蒙‧布力格／文圖

二、建立場景

　　許多故事發生的時間、地點與讀者迥異，而在正文中，又無法巨細靡遺地交代清楚，此時插畫便充分發揮解說的功能，例如：《兒子的大玩偶》一書，從小鎮街景、建築、生活狀況、服飾裝扮、交通工具，可以深深體會六〇年代台灣

從農業經濟轉為工業經濟的情景。這些時空背景雖然沒有在正文中交代,讀者卻可以從圖畫中了解一切。

從小鎮街景、建築、生活狀況、服飾裝扮可以了解故事的時空背景

照片出處
《兒子的大玩偶》(格林)
黃春明/文
楊翠玉/圖

三、提供不同的視點

　　文字的說明通常只能單線發展,所以如果要傳達同時間的另一個場景,則需要靠插畫的輔助。約翰‧伯明罕的《莎莉,離水遠一點》左頁是白色背景的現實生活面,而右頁則是彩色背景的幻想世界;大衛‧威斯納的《瘋狂星期二》則在幾張雙頁的大場景畫面中直接增添一些小框框,以呈現同一時間內大場景的小細節。另外,像《白賊七》則利用大畫

面的邊框來描繪事情演變的過程，增加故事的說明性。

大畫面的邊框四周提
供不同的視點，幫助
讀者了解事情演變的
過程
照片出處
《白賊七》（遠流）
郝廣才／文
王家珠／圖

四、強調人物特性

　　人物的性格有時是從圖畫的線條、造型、顏色來勾勒。
人物的好惡、個性與情緒，都能在圖畫中透過肢體語言與表
情顯露出來。獲得英國格林威大獎的《頑皮公主不出嫁》，
繪者運用公主身旁的動物表情，反映她的心理。開頭時，公
主和一群動物一起出現，看著電視上的馬術表演；後來她坐
在動物造型的椅子上，身旁圍繞著各種寵物，任憑求婚王子
如何獻殷勤，她只顧著塗指甲油，其喜愛無拘無束的個性不

言而喻。此外，《歌舞爺爺》的主角人物——爺爺，穿著吊帶褲及藍白橫紋襪，手拿枴杖地跳著踢踏舞。其紅彤彤的鼻子、咧開嘴笑的可愛模樣，襯托出其幽默、俏皮、耍寶的特質。

表情、動作、服裝是勾勒人物性格的插畫重點
照片出處
《歌舞爺爺》（遠流）
凱倫・艾克曼／文
史蒂芬・格梅爾／圖
張玉穎／譯

五、提供趣味布景

圖畫除了提供主要的情節，也會在布景上提供次要的情節來增加劇情的發展。這些細節豐富又細膩的圖畫，成為孩子發現和參與的遊樂場。著名插畫大師安東尼・布朗的《大猩猩》一書中，可以從牆上猴娜麗莎的壁畫、燈罩、杯墊、猩猩超人、猩猩臉的自由女神中看出小女孩喜歡猩猩的現象；英國插畫家芭蓓蒂・柯爾在其所繪的《我的媽媽真麻煩》中，充分掌握詼諧幽默的特質，使孩子從中發現趣味點，例如：從媽媽的帽子上可以找到許多小動物；愛喝酒的

爸爸被醃在標示「醃丈夫」的罐子中；媽媽特製混合蜘蛛、青蛙、蚯蚓、毛毛蟲的蛋糕，把眾人嚇得花容失色等等充滿逗趣的氣氛。

六、烘托氣氛

圖畫書的氣氛有時是繪者本身繪畫風格所造成的，有的則是繪者運用顏色與線條、布局與構圖、形象與背景等刻意營造烘托的。例如：《新天糖樂園》在灰藍的色調、扭曲的形象及巫婆化為各種形貌的情形下，烘托出巫婆奸詐、狡猾、步步為營的緊張氣氛。

顏色與線條、布局與構圖、形象及背景烘托出故事的特有氣氛
照片出處
《新天糖樂園》（格林）
郝廣才／文
王家珠／圖

七、提供象徵寓意

許多圖畫書在文字上並不直接點明所要傳達的意義，而是透過圖畫來表示所欲傳達的意義。例如安東尼·布朗在《朱家故事》中，當故事還沒進展到媽媽留下的「你們是

豬」的紙條前幾頁，豬的形象便悄悄出現在畫面中：爸爸的影子、電燈開關、胸花、壁畫、花瓶、門把等，這樣的暗示，不僅提供了樂趣，更重要的是和劇情相互呼應；以戰爭為主題的《鐵絲網上的小花》，書中末了藉由一朵鐵絲網上凋零的小花來象徵主角白蘭琪的死亡，幽幽地道出戰火的悲哀。

上述這些功能，除了傳達正文內容與建立場景為必備的要素外，其餘則視插畫者的創意表現，所以並非每一本圖畫書都兼具上述各項功能。

參▪插畫的技法

插畫家為了展現個人的獨特風格，常常運用各式各樣的媒材來創造出自己的技法。圖畫書的插畫若依照使用的技法，大致可以分為下列幾種：

一、水彩畫

　　水彩畫的主要特色爲透明及溼潤，給予人一種優美的感受，是插畫家經常運用的媒材。赫姆·海恩的作品，如《珍珠》、《好朋友》、《最奇妙的蛋》等都是水彩畫的代表。

水彩畫給予人透明溼潤的感覺

照片出處
《好朋友》（上誼）
赫姆·海恩／文圖
王眞心／譯

二、拼貼畫

　　將不同的質料，如報紙、色紙、包裝紙、花布、織品等剪下來、割下來或撕下來，組合成有系統的插畫即為拼貼畫。著名的插畫大師艾瑞·卡爾以及李歐·李奧尼兩位都是以拼貼畫見長；西蒙娜的《竹林》運用布料、金箔及面紗等，將刻意採取西洋浮世繪的畫風，表現出神秘浪漫的東方色彩；黃春明的童話作品，如《愛吃糖的皇帝》則是運用棉紙撕畫的方式完成。

布料、金箔、面紗等亦可以做為拼貼畫的素材

照片出處
《竹林》（格林）
芥川龍之介／文
西蒙娜／圖
張玲玲／譯

三、色鉛筆畫

　　色鉛筆是做快速描繪和上色的理想媒材，其色澤較其他畫材柔美，所以不適合表現鮮豔飽滿的色彩。由於它攜帶方便，對於速寫或靈感的捕捉非常理想，所以深受插畫家的歡迎。1942 年獲得凱迪克大獎的《讓路給小鴨子》，便是運用咖啡色調的色鉛筆畫，表現出溫馨、柔美、協調的感覺。

咖啡色調的色鉛筆畫充分表現出溫馨、柔美、協調的感覺

照片出處
《讓路給小鴨子》
（國語日報）
羅勃‧麥羅斯基／文圖
畢璞／譯

四、粉彩畫

　　粉彩畫在十八世紀時，已經被當作素描和草圖用具。粉彩所表現出來的效果和色鉛筆一樣色調柔美，然而粉彩比色鉛筆更適於大塊面積的表現，而且適合修改換色。《下雨了》運用棉布沾粉彩在該部位塗色的方法，散發出漸層及柔美的感覺。

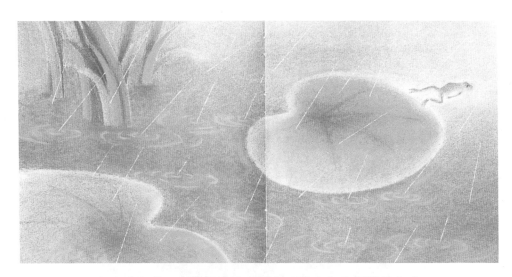

粉彩畫給予人漸層及柔美的感覺，適合大塊面積的表現
照片出處　《下雨了》（信誼）　施政廷／文圖

五、粉蠟筆畫

　　粉蠟筆畫極適合用來作大膽而具表現性的畫作，它能製造出鮮明飽和的色彩，也能呈現富肌理感的細膩。在插畫時，通常會加上其他刮畫的用具來表現明暗及質感。例如：《紅公雞》便是一例。

在粉蠟筆上加上刮畫的效果，呈現出富肌理感的細膩

照片出處
《紅公雞》（信誼）
王蘭／文
張哲銘／圖

六、紙雕

　　紙雕是一種運用捲曲、立面、立摺、立柱、立體等方式，將平面紙張立體化的技法。本土紙雕創作者李漢文的諸多作品便是以此來展現個人風格，例如在《紙牌王國》中，紙牌人的神情變化躍然紙上，其紙雕的功力可謂獨樹一格。

紙雕創作使故事
場景更為立體化
照片出處
《紙牌王國》（格林）
泰戈爾／文
李漢文／圖
林清玄／譯

七、彩墨畫

　　彩墨畫乃是運用毛筆沾顏料來表現特有的線條、墨韻，是東方國家作畫的特色。由於毛筆畫具有獨特的線條特性，不但能快速地呈現色調，更能表現各種不同筆觸和流暢線條之和諧感，最適合展現風格明快之作品。擅長畫民間故事的大陸畫家張世明的作品《王六郎》，就是運用墨色的濃淡來展現彩墨畫縹緲幽遠、超然寫意的風格。

一天晚上，漁夫正要舉杯自飲，忽然看見岸上有一個青衣少年，他就把船搖過去，邀那少年上船一同飲酒。

彩墨畫特有的線條、景韻，是東方國家作畫的特色

照片出處　《王六郎》（信誼）　鄧美玲／文　張世明／圖

八、線畫

　　線畫是以線條來表現畫面的空間感和立體感，舉凡各式各樣的媒材都可以製造線條：蘸水筆、原子筆、鉛筆、炭筆……。《阿羅有枝彩色筆》中，插畫者運用簡單的線條將主角人物可愛的模樣及隨機的畫趣，發揮得淋漓盡致。

即使是簡單的線條，依然能將主角人物的可愛模樣，發揮得淋漓盡致

照片出處
《阿羅有枝彩色筆》
（上誼）
克拉格特·強森／文圖
林良／譯

九、照片畫

由於攝影技術的進步，許多科學圖畫書為了逼真及正確，都會運用照片畫。例如：《我是這樣長大的》敘述多種動物的生長過程，主題清楚、背景留白，使人一目瞭然。

照片畫的逼真與正確，是深受科學圖畫書青睞的地方

照片出處
《我是這樣長大的》（上誼）
Angela Royston／文　Rowan Clifford／圖　珍·柏頓／攝影　李紫蓉／譯

插畫家所運用的技法不勝枚舉，除了上述幾種技法外，蝕刻版畫、油畫、黏土、木刻、蠟染……任何技法都是插畫家創作圖畫書的媒材。因此，透過圖畫書的閱讀，無形中涵養了美的欣賞能力。

肆 ▪ 插畫的要素

一、線條

　　畫家常利用線條的性質表現主題。水平線給人平靜、安定的感覺，垂直線表現頂天立地剛強的意味，對角線給予人動態的感覺，曲線則有躍動飛舞的感覺。這些線條的出現，傳達了故事所要表達的意義或感覺，例如：《跳舞吧老鼠》運用流暢的曲線，勾畫出人物的輪廓，給人輕鬆、詼諧的感覺；而《我也要背背》則以粗重的黑線條描繪出小黃鼠狼鼬兒樸拙渾厚，為人設想的善良心性。

粗重的黑線條給予人
樸拙渾厚的感覺

照片出處
《我也要背背》（台英）
原道夫／文圖
文婉／譯

二、顏色

　　構成顏色的三要素包括色調、飽和度及明亮度。圖畫顏色必須配合文字的內容，例如暖色的、清淡的、明亮的顏色給人一種溫馨的感覺。《祝你生日快樂》在昏黃的色調下，吐露小男孩與罹患癌症的小姊姊之間的情誼；而灰暗厚重的冷色調則給人心情沉重的感覺；《銀河玩具島》在黑、藍色調之下，鋪陳男主角巴比不珍惜玩具所得到的教訓。

昏黃的暖色調襯托出小男孩溫柔敦厚的氣質

照片出處
《祝你生日快樂》
（國語日報）
方素珍／文
仇桂芳／圖

三、形狀

　　線條及顏色組合成形狀，形狀可以分成簡單或複雜、僵硬或活潑、大或小、幾何形狀或有機性形狀、主題與背景。形狀的表現可以反映出情感，重點在於是否能傳達難以言傳的訊息，例如：在《射向太陽的箭》中，幾何的構圖傳達出剛強堅毅、無畏無懼的意旨。

幾何的構圖，襯托出該書剛強堅毅、無畏無懼的題旨

照片出處
《射向太陽的箭》
（台英）
傑洛德・麥克德默特／文圖
張劍鳴／譯

四 、 質 感

　　圖畫透過不同表現方式而給人的感覺，例如粗糙或平滑、死板或柔和、鬆散或緊密，稱為質感。大陸插畫家張世明在《哪個錯找哪個》中，運用毛筆的筆觸及彩墨，用心地處理畫中的人物器具，使得全書呈現粗糙中的柔和質感。

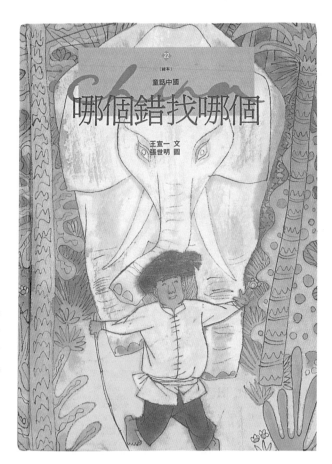

在毛筆筆觸與彩墨的相互映襯下，呈現出粗糙中的柔和質感

照片出處
《哪個錯找哪個》
（遠流）
王宣一／文
張世明／圖

五、組成

　　圖畫的整體安排稱爲組成。圖畫中的焦點、比例、秩序、平衡、協調度等影響著圖畫的組成。《狂人日記》乃運用立體派拼貼技法呈現錯亂駭人的畫面，用以刻畫一個精神分裂者的幻想世界。

錯亂駭人的立體
派拼貼技法，襯
托出精神分裂者
的幻想世界

照片出處
《狂人日記》（格林）
魯　迅／文
黃本蕊／圖

當圖畫書在兒童文學界風起雲湧之際，傑出插畫家人才輩出。由於篇幅所限，本節僅列舉國內比較常看到中譯本的插畫家作品，做一番簡介，遺珠之憾在所難免。

一、李歐·李奧尼（Leo Lionni，1910～1999）

從小在藝術薰陶下長大的李歐·李奧尼，直到四十九歲才開始創作圖畫書，其第一本圖畫書《小黃和小藍》即當時為了安撫孫子的即興之作。李歐·李奧尼堪稱當今兒童文學界的寓言大師，在其圖畫書中，常常透過小老鼠、小青蛙、小魚甚或是小鳥等主角，將一些生命課題，如自我認同、精

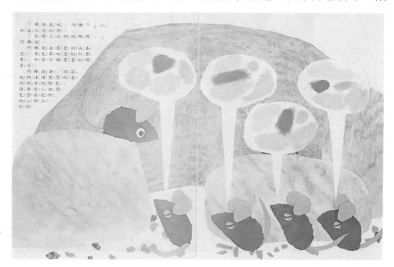

照片出處
《田鼠阿佛》（上誼）
李歐·李奧尼／文圖
孫晴峰／譯

李歐·李奧尼的圖畫書都蘊含發人深省的哲學寓意，值得細細品嘗

神食糧、冒險、享樂、夢想等嚴肅的話題化為耐人玩味的寓言故事。例如：《田鼠阿佛》透露出精神生活與物質生活不可偏廢的道理；《小黑魚》提出機智退敵的可貴；《阿力和發條老鼠》散發出安貧樂道的思維；《一個奇特的蛋》勸人開放心胸去認識事物；《自己的顏色》說明自我認同的過程；《老鼠阿修的夢》暗喻「築夢踏實」的道理；《這是我的》則點出和平相處的優點。總之，李歐・李奧尼的每一本圖畫書都有發人深省的哲學寓意，值得細細品嘗。

二、艾瑞・卡爾（Eric Carle，1929～）

從小便展露繪畫天分的美國德裔插畫家艾瑞・卡爾，自從 1967 年創作第一本圖畫書《棕色的熊，棕色的熊，你在看什麼？》之後，旋即開展其圖畫書創作生涯。艾瑞・卡爾作品的特色在於色彩繽紛瑰麗、圖案大膽鮮明；其自製色紙，以拼貼作畫的方式更是匠心獨運。其作品透過率性的造型設計、豐富厚實的肌理質感，傳遞出認知的意涵。例如其膾炙人口的《好餓的毛毛蟲》透過打洞、不同寬度的頁面來說明

照片出處
《好餓的毛毛蟲》
（上誼）
艾瑞・卡爾／文圖
鄭明進／譯

艾瑞・卡爾善於在圖畫書中運用別出心裁的設計方式，吸引讀者的目光

毛毛蟲蛻變成蝶的過程；《好忙的蜘蛛》提供讀者享受觸摸蜘蛛網的樂趣以及了解工作的意義；《好安靜的蟋蟀》除了了解一天的變化外，還可以認識各種昆蟲，甚至最後享受到悅耳的蟋蟀聲；《爸爸，我要月亮》則以加寬加長篇幅等方式，展現父親體貼女兒的心意以及月亮圓缺變化的道理；《拼拼湊湊的變色龍》分類紀錄式的圖像表現形式，說明知足常樂的道理；《看得見的歌》則用色彩圖像演奏音樂。總之，色彩、認知、趣味、變化是艾瑞·卡爾最動人心弦的設計。

三、五味太郎（TARO GOMI，1945～）

日本插畫家五味太郎自從三十歲那年投入圖畫書的創作行列之後，便於十年間發表一百多本富有獨創性的圖畫書。五味太郎的作品都是自己寫作、畫插圖、設計版面，所以能發揮獨一無二的魅力，以天真、幽默、活潑的面貌為小讀者帶來無比的快樂。從其《小金魚逃走了》、《兔子先生去散步》、《爸爸走丟了》、《大家來大便》、《爺爺的枴杖》、《ABC 圖畫書》、《我是第一個》、《巴士到站了》、《鯨魚》、《鱷魚怕怕，牙醫怕怕》、《春天來了》、《我的朋友》等作品，可以發現其作品具有許多共通的特點，那就是「輕鬆幽默，絕不加入嚴肅的教訓，題材包羅極廣，不局限於前人創作的老套裡，插畫接近幼兒和兒童視覺影像，可愛且富拙趣，同時強調色彩的刺激，善用對比的高低彩度色調，使主題鮮明突出。具有高度的創意」（鄭明進，民80）。這些特點正是吸引孩子注意的原因，無怪乎

五味太郎的作品能在日本風行甚久。

五味太郎的作品，充滿高度的想像與創意，尤能使讀者發出驚奇的感歎

照片出處
《鯨魚》（三之三）
五味太郎／文・圖
余治瑩／譯

四、安東尼・布朗（Anthony Browne，1946～）

　　安東尼・布朗是當今以獨特畫風受到全球矚目的畫家，其作品最引人入勝的地方是以超現實主義的手法來表現嚴肅的主題。他的書處處充滿了機智俏皮以及視覺上的幽默。例如在《大猩猩》、《朱家故事》、《你看我有什麼》中，孩子可以充分享受到偵探遊戲的樂趣，挖掘出許許多多隱藏在畫面中，饒富興味的細節。然而安東尼・布朗如此安排畫面，真正的目的則是要藉此吸引讀者的注意力，進而提出他對整個社會深刻的質疑，舉凡親職教育問題、性別角色問題、精神生活問題等。安東尼・布朗在創作時所堅持的一個最重要原則就是：他喜歡的，一定也要是孩子喜歡的。也因

此，其作品可說是老少咸宜。台灣目前有關安東尼‧布朗的中譯本尚有《聰明的小畫家》、《動物園的一天》、《小凱的家不一樣了》、《我愛書》、《穿過隧道》等書。

照片出處
《大猩猩》（格林）
安東尼布朗／文‧圖
林良／譯

安東尼布朗的作品，常使讀者享受到偵探遊戲的樂趣，挖掘出隱藏在畫面中的細節

五、莫里士‧桑達克（Maurice Sendak，1928～）

第一位獲得安徒生大獎的美國插畫家莫里士‧桑達克，曾五度獲得美國凱迪克大獎，其非凡的成就，受到全世界的矚目，被喻為世界近三十年來最重要的大師級人物。莫里士‧桑達克向來以水墨鋼筆畫見長，善於細膩刻畫平凡事物的不平凡處。目前台灣翻譯其自寫自畫的作品有三本：《野獸國》描述小男孩阿奇因神遊野獸國而消除了抑鬱之心。此書的出版贏得很多的肯定，也奠定其在圖畫書的地位。《廚房之夜狂想曲》是其個人特別喜愛的一部作品，書中運用連環

漫畫的形式，以紐約曼哈頓高樓為藍圖的瓶罐背景，塑造一個小男孩的超現實夢境。《在那遙遠的地方》則勾勒出一位勇敢的小姊姊拯救被小鬼抓走的妹妹的虛幻世界。此外，《跳月的精靈》、《親愛的小莉》、《我最討厭你了》、《兔子先生，幫幫忙好嗎？》等都是莫里士‧桑達克為他人作畫的作品。總之，音樂性、幻想性、真實性及隨意取材的風格是莫里士‧桑達克最主要的創作精神（黃夢嬌，民88）。

莫里士‧桑達克不斷推陳出新的表現手法，是插畫界少見的奇才

照片出處
《廚房之夜狂想曲》
（格林）
莫里斯桑達克／文‧圖
郝廣才／譯

六、張世明（1939～）

　　張世明是當代中國圖畫書插畫家中，得到最多國際大獎的人。他的作品隨處可欣賞到「敦煌壁畫」、「漢代石磚」

的特質。其清晰的構圖、流暢的線條將中國傳統民間故事中的人物特性以及山水背景表現得恰到好處。例如：《九十九個娘》、《金瓜與銀豆》中的人物造型誇張，色彩明亮；《板橋三娘子》的線條流暢豪爽，有律動感，充分表現民族風格；《王六郎》中的水墨山水背景呈現出空靈的感覺；《皇帝與夜鷹》特別安排尋覓的樂趣，以展現豐富的童趣。此外，從張世明的作品中，如《哪個錯找哪個》、《三件寶貝》等，可以窺見中國各種不同族群的服飾器具及生活風貌。張世明的插畫將中國傳統繪畫及民間藝術發揮得淋漓盡致，對中華文化的發揚可謂厥功甚偉。

張世明擅長運用中國傳統的繪畫藝術，將民間故事中富與貧、貪與廉、正與邪呈現出來

照片出處
《九十九個娘》（遠流）
王宣一／文　張世明／圖

七、湯米・溫格爾（Tomi Ungere，1931～）

自稱為幽默密探的湯米・溫格爾，其創作已超過七十本圖畫書，此項成就使得他成為一九九八年國際安徒生插畫大獎的得主。湯米・溫格爾的作品對社會有敏銳過人的觀察與批判，故事的結局安排常出人意料，不落俗套。在《三個強盜》中，三個強盜因為孤兒看到財寶所提出「這些是做什麼用的？」的一句話，而把走丟的小孩統統找回來，此點提醒現代人在盲目地追逐財富的背後亦應深思生命的價值所在；在《月亮先生》中，月亮羨慕地球人的歡樂而到地球一遊，沒想到被視為地球入侵者而被抓捕監禁，充分反映出不見容社會的人的悲慘遭遇；《魔法音符》的主角杜雷米，因為女

湯米・溫格爾對社會有敏銳過人的分析，其作品除透露出人性的光輝外，亦提供現代人再度思考的空間

照片出處
《帽子》（上誼）
湯米・溫格爾／文・圖
楊櫻鳳／譯

巫的詛咒而孑然一身，卻又因為自己的巧思而大賺一筆，人世間的禍福無常，由此可見；《帽子》透露出人性的光輝，使得窮人也有愛心、正義感，這樣的特質讓他贏得芳心，娶得美人歸。總之，湯米‧溫格爾的作品兼具智慧、趣味與深度，不僅帶給大人和小孩雙重的閱讀價值，也對社會提出再思考的空間。

❧

　　欣賞世界傑出插畫家的作品猶如聆聽一場高水準的音樂會，一幅幅的插畫如同樂章上跳躍的音符，引人入勝。樂團少了指揮，容易荒腔走板；圖畫書少了插畫，則味道盡失。圖畫書成功與否之關鍵全繫於插畫技法之創意、表現技法之精鍊，插畫居於圖畫書的主導地位可見一斑。當各國交流日益頻繁的今日，圖畫書的插畫或可作為了解他國文化，培育開闊胸襟的另一蹊徑。

參考書目

徐素霞（民85）。插畫是綜合所有藝術表現方式的藝術。輯
　　於鄭明進等著：認識兒童讀物插畫，20-21 頁。台北：
　　天衛文化。

黃夢嬌（民88）。莫里斯・桑達克自寫自畫作品研究。國立
　　台東師院兒童文學研究所碩士論文。

鄭明進（民80）。世界傑出插畫家。台北：雄獅。

思考與討論

一、什麼是插畫？畫得像、畫得美就是好的插畫嗎？

二、插畫在圖畫書中有什麼功能？

三、插畫包括哪些要素？

四、插畫家是透過哪些途徑來表現個人的風格？

五、同樣是拼貼的作品，艾瑞・卡爾和李歐・李奧尼的作品
　　表現有什麼不同？

學習活動

一、請前往童書店瀏覽圖畫書，挑選三本特殊插畫技法的圖畫書加以說明其特色。

插畫技法	圖畫書書目（出版社）	特　色

二、請選擇某一本圖畫書的內頁插畫，說明插畫在傳達正文意義上的功能。

三、請寫一封信給你最喜歡的插畫家，在信中表達你對他的畫作的欣賞與佩服。

第4章

主題圖畫書導覽

學習目標：

◆了解目前各類圖畫書的出版概況
◆從圖畫書中學習對人己事物的關心
　與了解
◆從圖畫書中吸取生活經驗、提升思考
　層次

隨著閱讀無障礙的環境開始，愈來愈多的圖畫書朝向人文關懷的方向出版，因此以下探討的圖畫書主題將以「我」為核心，漸次擴展到「家人與家庭」、「朋友與學校」、「大環境」，希望藉由主題範圍的擴大，使讀者自我認識，逐漸擴充到與自我有關的周遭環境，以加深個人對周遭人事物的認識與關懷，進而培養世界之愛。

壹▪我

　　談到「我」這個主題，大致可以分為「生理的我」、「心理的我」、「社會的我」三部分來探討。「生理的我」在認識外顯或內在各部分器官，對器官的名稱、功能及保養等，有更深一層認知，增進自我保護能力；「心理的我」在探討情緒、情感方面，分享幼兒的感受、困擾，協助幼兒自我調適，導正各種偏差行為，增加體恤周遭朋友的情感；「社會的我」在促使幼兒了解個體呈現的自我形象與社會互動的方式。（江麗莉等，民 88）

一、認識「生理我」的書

　　此類書籍若加以細分，可以分為㈠對身體器官的認識：如《血的故事》、《骨頭》、《眼睛的故事》、《鼻孔的故事》等；㈡對自然生理現象的了解：如《放屁》、《大家來大便》等。值得一提的是，關於懷孕及生產過程的書有愈來愈多的趨勢，如《寶寶——我是怎麼來？》、《忙碌的寶

寶》、《我從哪裡來？》等，另外《我到底怎麼了？》則用來紓解青少年面對生理變化所產生的疑惑與尷尬；㈢身體保健，如《著涼》、《方眼男孩》等；㈣良好生活習慣的培養，如《大家來刷牙》等。

二、了解「心理我」的書

　　自我認同與情緒管理是探討「心理我」的兩大重點。當孩子對自己的外貌長相感到不滿意時，《神奇變身水》、《拼拼湊湊的變色龍》、《短鼻象》、《強尼強鼻子長》、《小巫婆的大腳丫》可以提供另一種思考角度，即「每個人各有其優缺點，而從不同的角度看，缺點也許是另一種優點」；當自己的特點不見容於家人時，如何走出自己的特色？《小貓玫瑰》以一隻不愛抓老鼠且喜歡與小狗為伍的紅貓為例，說明如何靠著個人的努力走出自己的特色；當孩子對自我的定位產生疑惑時，《森林大熊》能夠說明「無論外在如何改變，自我的本質仍是不變」；每個人都有不同的長處，如何欣賞別人的特點，《最奇妙的蛋》提出了說明。總之，此類書籍共同的特色在於尊重個別的差異性，使人人能發揮所長。

照片出處
《最奇妙的蛋》
(信誼)
《神奇變身水》
(上誼)
《強尼強鼻子長》
(格林)
《短鼻象》
(皇冠)
《小巫婆的大腳丫》
(台英)

自我認同是許多圖畫書熱切關注的主題

　　情緒管理是幼兒期與兒童期重要的學習課題，尤其是負向情緒的處理，例如：如何克服恐懼？如何不嫉妒？如何減輕沮喪的心情？如何克服自卑？等等都很重要。有關恐懼情緒的處理，不同的圖畫書提供不同的解決方式，例如：《床底下的怪物》說明怪物和人一樣也會感到恐懼，一點也不可怕；《阿蓮娜‧老鼠和巨貓》強調不逃避，直接面對恐懼事物的方式；《祖母的妙法》則以唸咒語的方式來減輕焦慮；《我要來抓你啦！》說明怪物也許只有一丁點兒大，根本不足為慮。當家中加入一個新生兒時，曾經「三千寵愛於一身」的老大，心中五味雜陳可想而知。此時，《彼得的椅子》提出如何釋懷的方式——勉強留住這些嬰幼兒東西，也失去實用的價值；《小小大姊姊》則清楚地描述孩子這一段由嫉妒弟弟到與弟弟嬉戲玩樂的相處歷程，同時提醒為人父

母者不要忽略老大的感受。心情沮喪怎麼辦？《糟糕的一天》裡的主角從上學到放學做什麼事都不順利，心情糟糕透頂，幸賴老師遞來一張溫暖的紙條，才解開鬱悶的心情。當然，也有許多圖畫書描繪孩子因為學會一件事而得意的心情，例如：學會自己穿褲子的《阿立會穿褲子了》；學會吹口哨的《彼得的口哨》；學會靠自己的能力開門的《小飛先進門》，這些書間接地都是在肯定孩子的學習，同時也暗喻努力嘗試的必要性。

除了上述自我認同與情緒管理的書外，孩子常見的小毛病亦可以從圖畫書中了解。例如：《阿文的小毯子》中喜歡懷抱慰藉物不放的模樣；《起床啦!皇帝》中的賴床情形；《銀河玩具島》中不珍惜玩具的下場；《阿比的小狐狸》中的健忘；《你看我有什麼》中的炫耀心理等。此外，還有一些書著重在描述孩子的普遍心態，例如：《我可以養牠嗎？》中喜歡養寵物的心理；《小真的長頭髮》中喜歡誇大其詞的幽默；《瑪德琳》中淘氣的情形；《是誰嗯嗯在我的頭上？》中追根究柢的態度，凡此種種都是認識幼兒行為的活教材。

三、學習「社會我」的書

幫助、分享、照顧、給予、安慰、合作等社會行為的圖畫書很多。《親愛的聖誕老公公──今年不要來》敘說著一些小朋友了解到世界上還有許多更需要的人，因此請聖誕老人今年不要送禮物給他們，而要幫助別的孩子、老人和動物；《彩虹魚》藉由饋贈彩色鱗片而獲得友誼的故事，來說

明「施比受更快樂」的道理；《巨人與春天》、《再見人魚》則說明愛不是占有的道理；《小黑魚》則藉由小黑魚的機智，大家合力趕走大魚，來說明「團結力量大」的道理。

貳 ▪ 家人與家庭

　　涉及家人與家庭的書相當多，以下將從「家人關係」和「家庭生活」兩方面來探討。

一、家人關係

　　家人關係包括親子關係、手足關係和祖孫關係，茲說明如下：

（一）　有關「親子關係」的書

　　屬於親子關係的書相當多，不過著重點各有不同。愛要如何表示？《最想聽的話》提醒父母別忘了直接對子女說：「我愛你！」；而《猜猜我有多愛你》則用距離來形容愛的感覺，最後發現愛不是一件容易衡量的東西。當然，愛不一定要透過言語表達，在《爸爸，你愛我嗎？》中的爸爸做各種盒子玩意送給兒子，告訴他：「我愛你。」；《我的媽媽真麻煩》中，媽媽的愛表現在為學校的同樂會做蛋糕、盡心地招待來訪的同學，以及搶救一場火災上；《逃家小兔》中的兔媽媽則用各種溫柔的辦法讓小兔子重回懷抱，點點滴滴都是愛的表達。

　　除了上述溫馨的親子之愛外，也有圖畫書重於描繪在單

親家庭或失和父母成長下孩子的感受，例如《媽媽爸爸不住在一起》呈現單親孩子渴望與父母團聚在一起的心態，那份對父母的想念與企盼，令人心疼；《保羅的超級計劃》、《好事成雙》提醒失和的父母認真地考慮子女的憂心與期待。

照片出處
《猜猜我有多愛你》
（上誼）
《爸爸，你愛我嗎？》
（三之三）
《逃家小兔》
（信誼）
《最想聽的話》
（上誼）
《我的媽媽真麻煩》
（遠流）

愛的方式很多，然而不一樣的寶貝，一樣的疼愛

愛需要學習與尊重，《星月》散發出適性而教及尊重個體獨特性的思維；而《綠笛》則從小孩子的眼光來描述因厭惡大人行徑而不願長大的掙扎，到最後理解大人行為，而活出不一樣的自己的變化歷程。此外，當孩子碰到任何事，總希望能與父母一同分享或分擔，閱讀過《爸爸，你看我在做什麼！》及《卡夫卡變蟲記》之後，相信忙碌的父母能用心地傾聽孩子內在的心聲。孩子的學習與成長無法框定限制，也不是永遠在同一條軌道上，為人父母唯有靜心觀察，了解

接納與同步互動，才能建立良性的互動關係。

㈡ 有關「手足關係」的書

　　手足間雖然血濃於水，然而在日常生活中卻常爲了一些小事而無法水乳交融，《大姊姊和小妹妹》中的大姊姊就因爲太照顧小妹妹，導致妹妹嫌嘮叨而想單獨靜一靜；《莫里斯的妙妙袋》中的小莫里斯因爲排行最小，無法與兄姊同樂，只好隱形在妙妙袋中自得其樂；《小麻煩波利》中，波利闖了不少禍，只好自己收拾——修好姐姐的玩具、幫哥哥挖地洞，搞得又忙又累。這些圖畫書的共同特色在於描述弟弟妹妹的苦衷，同時提醒哥哥姊姊設身處地爲弟妹著想，共營愛的家園。

㈢ 有關「祖孫關係」的書

　　祖父母的生活經驗或生活環境往往是孫子們所欲探知和了解的，所以，《歌舞爺爺》、《山中舊事》、《外公的家》、《我最喜歡爺爺》等書說明曾經有過的跳踢踏舞經驗、鄉間的居住環境以及日常生活習慣。同時，祖父母累積多年的閱歷也是孫子們求助的對象，所以，《祖母的妙法》、《像新的一樣好》、《爺爺一定有辦法》等書傳遞著如何解決焦慮、修護玩偶、物質再利用等方法。祖孫間的孺慕之情特別顯示在祖父母生病或死亡之後，翻閱《先左腳再右腳》、《外公》、《跟著爺爺看》、《爺爺有沒有穿西裝？》都可以看到一幅幅溫馨的畫面。孝是什麼？在《樓上的外婆和樓下的外婆》中深刻地描繪出兩代間輪替的孝心，也讓人學習面對親人老化的事實。

二、家庭生活

　　家庭生活的點點滴滴，都是值得珍藏的回憶。這類圖畫書，有的清楚地敘述一件事的始末，如《媽媽，買綠豆》；有的著重在描繪全家人共同做家事的溫馨畫面，如《忙碌的週末》；有的運用尋寶遊戲來分享特殊紀念日的氣氛，如《今天是什麼日子？》；有的則描述生活中的看病小插曲，如《找錯醫生看錯病》。此外，也有圖畫書重在描述家中發生不幸的事件，需要家人共體時艱，渡過難關，如《媽媽的紅沙發》。微笑是最美麗的語言，《小恩的秘密花園》描繪一位因為家庭經濟困難而寄人籬下的小女孩，如何以善體人意的方式溫暖舅舅的心，並為死氣沉沉的城市帶來花朵的芬芳。這些點點滴滴看似微不足道，卻是維持家人關係的重要關鍵，也是所有家庭成員必須用心經營的地方。

參 ▪ 朋友與學校

一、朋友關係

　　好朋友在一起會發生什麼趣事？《青蛙和蟾蜍》、《喬治與瑪莎》、《好朋友》中有許多令人莞爾一笑的趣事發生。喜歡朋友或討厭朋友，該如何表達？如何解決呢？看看《我喜歡你》、《我最討厭你了》、《我和小凱絕交了》就知道。此外，面對同儕的惡勢力，孩子心中那份害怕被孤

立，而又想勇敢向強權說不的心態，在《惡霸遊戲》中有深入的描繪。

　　小朋友間的相處趣味橫生，大人間的交往則更深刻：惺惺相惜者如《王六郎》中的王六郎和漁夫，以身相殉者如《石痴》中的邢雲飛和靈石。陌生人間的偶遇也可以發展出難忘的情誼：《天空在腳下》中的小女孩和鋼索演員、《莎麗要去演馬戲團》中的莎麗和小丑，都是在描繪大人對小孩所伸出的援手。不幸的人之間如何在殘酷的現實裡相互安慰？《最後一片葉子》細膩地描繪潦倒藝術家們彼此相互扶持的故事，全書哀傷而溫馨的氣氛，讓人讀後唏噓不已。

二、學校生活

　　對剛入學的孩子而言，上學似乎不是一件高興快樂的事，《小阿力的大學校》中深刻描繪了即將入學的小阿力內心的焦慮；而《比利得到三顆星》中，則說明老師如何運用獎勵的方式讓不想上幼兒園的比利喜歡上學；對於那些喜歡逃學的小孩該如何處理？《不愛上學的皮皮》提醒隨意逃學的小孩可能遭遇的後果。

　　開卷有益，《蜜蜂樹》說明看書過程中的一點一滴如同來自蜜蜂樹的蜂蜜般甜美；《三重溪水壩事件》則透露書的力量與魔力；《我愛書》中的小猴子愛看各式各樣的書，每一種書都自有其樂趣；書的可貴在於內容，它需要人細細品嘗、細細咀嚼，如果以為擁有書本就能增長個人的智慧，那就錯了！《傻鵝皮杜妮》說明一隻將書本夾在翅膀底下，自以為很聰明的傻鵝，到處幫人出餿主意，結果愈幫愈忙的慘

況;《很久很久以前》針對閱讀被打擾的困境,提出一個兩全其美的方法,即「好東西要和好朋友分享」;《天空爲什麼是藍色的?》則提醒人大自然的世界就是一本活教材,而實際的生活體驗則是最活潑生動的學習方式。

肆 ▪ 大環境

在變遷迅速、多元價值觀充斥的大環境中,不同國家、不同文化的人相互交流的機會倍增,地球上的每一個人,都是地球村的一員,因此有關死亡教育、兩性平權、生涯規劃、兒童保護、老人問題、關懷弱勢族群、環保問題、鄉土教育、認識多元文化、戰爭等都是近年來大眾所共同關切的議題。

一、死亡教育

認識死亡與學習面對死亡是對生命的終極關懷。因此,在圖畫書多元發展下,「死亡」這個連大人本身都不知如何也不太願意面對的議題,早已突破禁忌,浮現在童書市場中。對大多數幼兒來說,寵物的死可能是第一次深刻體會到死亡意義的衝擊,《再見,斑斑!》、《我永遠愛你》兩本書分別藉由對狗的懷念與愛屋及烏方式傳遞著走出陰霾的方法;《祝你生日快樂》、《安安──和白血病作戰的男孩》呈現患者對抗病魔,企圖抓住生命最後的一瞬光芒;《爺爺有沒有穿西裝?》、《樓上的外婆和樓下的外婆》則從「死

是什麼」到「該如何活」的角度提出思考；《獾的禮物》透過死者對自我往生的心境及生者對死者的追思，讓人思索什麼是有意義及有價值的生命；《精采過一生》描述每一個階段的生活體驗，藉此提醒人如何在有限的生命階段學習成長，使生活過得多采多姿，了無遺憾。

照片出處
《爺爺有沒有穿西裝？》
（格林）
《祝你生日快樂》
（國語日報）
《獾的禮物》
（遠流）

死亡教育類圖畫書，不僅教導孩子認識死亡，更提醒孩子思考生命的意義與價值

二、兩性平權

　　兩性平權在女性紛紛進入職場後，愈來愈受到重視。《威廉的洋娃娃》說明男孩子玩洋娃娃所承受的性別角色刻板印象的壓力，以及如何以更開放的心態來看待兩性角色的多元性；《朱家故事》挑戰「男主外，女主內」的傳統家庭觀；《頑皮公主不出嫁》以婚姻自主為中心，破除長久以來女性處於被動地位及「女大當嫁」的傳統思考模式；《美女

還是老虎》以「愛之欲其生，惡之欲其死」的矛盾心態刻畫男女交往的愛慾情仇。

三、生涯規劃

在價值觀念及生活型態快速轉變的情況下，如何對自己的未來進行縝密的規劃，以創造自我實現的人生，即「生涯規劃」的重要課題。生涯規劃的內涵包括「了解自己」、「認識工作世界」、「培養個人對生涯規劃的主控力」、「學習做決定的方法」等四項（林蔚芳、許維素，民88）。許多圖畫書生動地傳遞自我生涯決定的思考，例如：《老鼠阿修的夢》中，阿修因為一次博物館之旅而立志作畫家，其後，因其勤奮作畫，終於達成夢想；《小貓玫瑰》中，紅貓玫瑰特立獨行的作風，雖不見容於黑貓家族，卻闖出自己的搖滾樂天空；《三隻小熊》說明面對危險不可知的未來應如何做決定、如何勇於承擔後果；小時候的心願，長大後如何實現？《花婆婆》呈現出一段豐盈的生命之旅。

四、兒童保護

隨著社會生活型態的改變，兒童必須面對許多不可知的危險，再加上綁架、誘拐、勒贖、失蹤事件頻傳，教導孩子如何保護自己、學習應變能力，成為父母教養的重點。談到兒童安全圖書，王淑芬（民84）認為必須符合三個基本條件，即設計的情景與生活相吻合、提供正確的解決方法、留有彈性的思考空間。若依據此標準衡量好壞，教導孩子如何面對陌生人的《怪叔叔》堪稱三者兼備；此外，《百貨公司

遇險記》、《馬桶上的一枚指紋》、《糖果屋裡的秘密》三本書更是清楚地藉由故事來提供應對方法及策略，以培養孩子臨機應變的能力。然而，讓三歲小孩單獨留在家中，不會處理陌生人叫門情況的《小美一個人看家》應算是一個負面教材。此類圖畫書的分量，隨著社會與日俱增的亂象，益發顯現其重要性。

五、老人問題

　　老人問題是重視社會福利國家所關注的議題，尤其在人口老化而大家庭及折衷家庭式微的社會中，有關老人的照護、老人性情的了解、與老人相處等問題，早已成為社會所關切的話題。三代同堂適不適合這個社會呢？養老院真的是照護老人的最佳場所嗎？《湯姆爺爺》中對此主題有嚴正的批判；老人也有愛的需求，然而當老朋友一一過世之後，內心既渴望愛卻又怕失去愛的矛盾心情在《愛取名字的老婆婆》中一覽無遺；「老化」帶來的最大傷害並非身體機能的退化，而是與親友、事物、環境的隔絕，《愛織毛線的尼克先生》引導孩子認識老人的性情及需要，同時提醒孩子關心老人，讓他們活出一個不因年齡而與世界斷絕往來的人生；如果不曉得該如何與老人相處，何妨翻閱《威威找記憶》，從中可以學習如何關心老人，認識每個人的獨特性以及學習如何以不同方式和他們相處。

六、關懷弱勢族群

　　弱勢族群的存在是一個事實，也是一個教導體恤關懷的

重要機會。在圖畫書中，對於弱勢族群的描繪以身心障礙者為大宗，例如：《我也要背背》、《小駝背》都在教導孩子如何設身處地了解殘障人士的不便，並學習與他們相處；《箭靶小牛》以天生額頭有箭靶的小牛代表顏面傷殘的小孩，說明家人面對特殊小孩時該如何給予支持與肯定。《我的妹妹聽不到》以小姊姊的眼光來描述與聽障妹妹相處的經驗。弱勢族群的涵蓋面很廣，除了前述身心障礙者之外，少數民族、低收入戶、特殊身分等人士的遭遇亦可以做為圖畫書創作的新題材。

七、環保問題

人口的增加及生活型態的改變已嚴重威脅到地球的生存，許多圖畫書如《圓仔山》、《恐龍與垃圾》、《徵召地球保衛軍》、《長不大的小樟樹》、《小房子》、《小雨滴的旅行》、《不冒黑煙的車子》、《如果聲音消失了》等對垃圾增多、環境污染、自然生態的失去平衡提出了警告；而《聽那鯨魚在唱歌》、《沙灘上的琴聲》、《神箭手與琵琶鴨》則呼籲世人要重視生態的保育。至於，《米羅和發光寶石》更是深具啟發性地點出「我們怎樣對待環境，環境就怎樣對待我們」的寓意。「地球只有一個」，環保工作有賴大家戮力同心。

八、鄉土教育

鄉土教育的內涵包括對鄉土歷史、地理、自然、藝術、語文的認知，其目的乃在於使學習的兒童「肯定自己、認同

鄉土；由愛家、愛鄉，進而愛國；並且發展多元文化觀和世界觀，有國際胸襟和視野，能尊重每一個人、每一種文化和每一個國家」（歐用生，民87）。此類圖畫書如介紹歷史的《台北三百年》、介紹地理的《台灣——我的第一本地理書》、介紹自然的《家鄉的樹》、介紹藝術的《亦宛然布袋戲》、介紹語文的《台灣童謠》等，而大部分的圖畫書則是兼容並蓄，將對鄉土應有的認知融合設計為一本本的圖畫書，如《我家住美濃》即為一例。

九、認識多元文化

認識多元文化旨在了解不同社會、不同時空人類族群的文化差異，學習包容與尊重，消弭成見與偏見。多元文化主義象徵著跨領域、反疆界，它有益於族群的融合，更是實踐地球村的和平願景。此類書籍有介紹不同民族的傳說與文化，如《獨頭娃娃》、《龍牙變星星》、《顧米亞》、《板橋三娘子》等；有消除種族偏見與歧視的《平克與薛伊》；也有放眼天下，培養世界觀的《人》及《世界的一天》。

十、戰爭

有關戰爭的書籍，總是在字裡行間透露出淡淡的哀傷。《鐵絲網上的小花》、《請不要忘記那些孩子》兩本都是以第二次世界大戰猶太人被屠殺的歷史為背景，敘說著戰火的悲哀；《親愛的小莉》藉由一封小女孩的信，描繪一則母親要女兒在森林躲避戰爭的傳奇故事；《不要地雷，只要花》陳述地雷這個危險武器剝奪了好幾條無辜的生命；《當風吹

來的時刻》沉痛地描繪核子戰爭的可怕，以及人們對核塵污染的輕忽。這些書，無論是在控訴人類的殘酷或在緬懷死去的亡魂，無非都是希望《和平在人間》。

參考書目

王淑芬（民84）。談兒童安全圖書。輯於國立中央圖書館台
　　灣分館推廣輔導組編：「知識寶庫」廣播節目兒童文學
　　系列專輯，101-108頁。

林蔚芳、許維素（民88）。生涯規劃。台北：龍騰。

江麗莉、黃靜子、張重文、曾月琴、曾錦貞、詹日宜（民
　　88）。幼稚園教學資源手冊。台北：心理。

歐用生（民87）。課程與教學革新。台北：師大書苑。

思考與討論

一、請以圖畫書為例，說明幾種教導孩子建立積極健康自我
　　形象的方法。

二、請以圖畫書為例，說明幾種建立良好親子關係的方法。

三、如何透過圖畫書教導孩子自我保護的觀念？

四、如何透過圖畫書教導孩子了解、認同並愛護自己的家
　　鄉？

五、請說明圖畫書中的死亡圖像。

六、請說明圖畫書中所流露出的老人智慧。

七、如何透過圖畫書教導孩子「人生而平等」的道理？

學習活動

一、請以一個小孩子為例,分析他在「生理我」、「心理我」及「社會我」三方面的發展特質,並據此各推薦一本圖畫書,以做為家長親職教養上的參考。

兒童姓名:	年齡:	性別:

我的層面	發　展　特　質	推薦書單(出版社)
生 理 我		
心 理 我		
社 會 我		

二、針對單親家庭的孩子，你會提供哪些圖畫書減輕他在成長過程中的困擾？
請提供書單並說明該書對這樣的小孩有何助益？

建議書單	對孩子的助益

三、請收集幾本與老人有關的圖畫書，然後歸納分析這些圖畫書所描繪出來的
老人形象，包括生理特徵、個性特徵、行為舉止等等。

圖畫書書目	1. _____ 2. _____ 3. _____ 4. _____
生 理 特 徵	
個 性 特 徵	
行 為 舉 止	

四、目前環保議題深受矚目，請提出一項你認爲刻不容緩、亟待解決的問題，
　　然後提供參考書單及其值得省思之處，做爲警惕世人的參考。

環保議題：	
書　　單	省　　思

第 5 章

文學要素分析

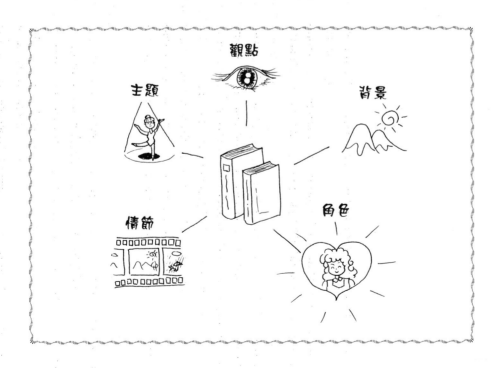

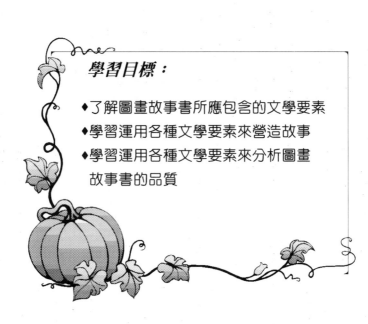

學習目標：

♦了解圖畫故事書所應包含的文學要素
♦學習運用各種文學要素來營造故事
♦學習運用各種文學要素來分析圖畫
　故事書的品質

一本完整的圖畫故事書，通常會包括情節、角色、背景、主題、觀點及風格等文學要素，這些要素是評量圖畫故事書優劣的重要依據。以下將針對這些要素加以說明。

壹 ■ 情節

　　情節（plot）是指故事中所發生的一連串事件的次序，它猶如故事發展的路線圖，引領讀者逐漸領受故事所要傳達的意義。對孩子而言，什麼樣的情節才是好的情節？Norton（1987）以為「好的情節發展要讓孩子涉入其中，感覺到衝突的發展，了解高潮的產生，並且對圓滿的結局有所回應」。情節發展得好，孩子會對故事深深著迷；情節發展得不好，孩子會馬上猜出故事的結局而失去興趣。因此，情節的安排是作者寫作的重點。

一、情節的安排方式

　　通常情節的先後順序是根據時間來安排，在一定時間內說明故事。以時間順序的描述，可以分成三種（徐永康，民87）：

（一）　行進式的情節描述

　　那是從一開始對故事的解釋，而後有衝突的發生，再產生一些行為活動到達故事最精采的部分，然後收尾。

（二）　插曲式的情節描述

　　即是在這本故事書中是由許多小的故事相互串連而成

的，最好的例子就是《青蛙和蟾蜍》。

(三) 倒敘式的情節描述

是將故事發展中的一段當作是開場白，而後以行進式的情節描述，但這裡要小心的是，八、九歲以下的孩子對這類型的故事很容易弄混了，說故事者要盡可能地幫助小孩了解。

二、情節中的衝突事件

故事最刺激的地方在於角色有所掙扎或必須克服某些障礙，此即所謂的衝突。衝突是一種故事張力，它引發讀者的閱讀興趣，並吸引讀者繼續閱讀下去。因此，情節中往往會安排衝突的事件，一般可分為下列幾種衝突：

(一) 個人本身的衝突

此種衝突主要在描述主角內心的掙扎，例如《神奇變身水》中描述一隻人人喊打的老鼠，無法接受自己，而向巫師索取變身水，期望藉此扭轉自己的命運。

(二) 人與自然的衝突

此種衝突主要在描述人與自然間的糾葛情節，例如《明鑼移山》中，描述山影響人的生活而想要除去此山的心理。

(三) 人與人的衝突

此種衝突主要在描述不同人之間的衝突矛盾，例如《九十九個娘》中，大財主譚福厚因為貪心不足，而與亟需用水的佃農大壯搶奪寶缸。

(四) 人與社會的衝突

此種衝突主要在描述個人表現與社會價值觀相左的衝

突。例如《小貓玫瑰》中的主角玫瑰，喜歡與老鼠唱唱跳跳，此種與社會所認定貓的最大功能在於抓老鼠大相逕庭。

三、情節的發展

一般圖畫故事書的情節是由開端、發展、高潮、結局四個主要部分組成：

㈠ 開端

開端是故事情節的起點，也是問題背景的介紹。故事一開始應該明確地把故事發生的時間、地點、人物及衝突原因四個要素呈現給觀眾知道。

㈡ 發展

發展是故事的展開，是情節的主體部分，也是故事的主要篇幅。發展部分包括衝突和困難，從展開到激烈化的整個演變過程，變化多端而曲折，使人物性格愈趨明朗，衝突愈尖銳，困難愈嚴重，主題思想愈深化，為高潮的出現做好準備（蔡尚志，民 81）。

㈢ 高潮

高潮是故事衝突達到最高點，情節發展最為緊急，主角面臨重大抉擇的關鍵時刻。

㈣ 結局

結局是情節發展的最後階段，此時衝突與困難已獲得解決，故事的主題也因而完全呈現出來。

以下茲以《九十九個娘》為例，繪圖（圖 5-1）說明該書的情節發展：

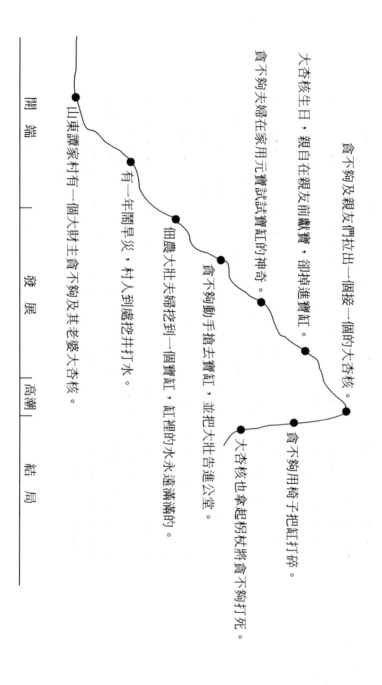

圖 5-1 《九十九個娘》情節發展圖

開端　　　　發展　　　　高潮　　　結局

山東譚家村有一個大財主貪不夠及其老婆大杏核。

有一年鬧旱災，村人到處挖井打水。

佃農大壯夫婦挖到一個寶缸，缸裡的水永遠滿滿的。

貪不夠動手搶去寶缸，並把大壯告進公堂。

大杏核也拿起枋枕將貪不夠打死。

貪不夠用椅子把缸打碎。

貪不夠夫婦在家用元寶試寶缸的神奇。

大杏核生日，親自在親友前獻寶，卻掉進寶缸。

貪不夠及親友們拉出一個接一個的大杏核。

貳　■　角色

　　角色（character）是圖畫書的靈魂，它可以是人物、動物、事物，甚至是想像虛構的東西。當我們回顧昔日最喜愛的書時，腦海中所呈現的通常是書中神氣活現的角色模樣。為什麼這些角色不會因為時間的消逝而被人遺忘？最主要是因為這些禁得起時間考驗的文學角色，其情緒與行動都予人真實的感覺。他們使讀者窺見到自我。這樣一種感受：「是的，我能體會那種情感和背景。」（莫高君譯，民85）

一、角色的刻畫

　　刻畫角色的方式有好幾種，以下茲以《雪花人》為例，說明作者如何刻畫這一位憑藉一生的堅持與努力而實現夢想的農人科學家——雪花人班特利。

㈠　作者直接敘述角色像什麼

　　例如：有一個男孩，愛雪勝過世界上任何其他東西。

㈡　作者陳述角色的言詞

　　例如：「我不能錯過任何一場雪，」他對朋友說：「我永遠不知道什麼時候會有奇妙的發現。」

㈢　作者透露角色的思想和情感

　　例如：每片雪花都有複雜細緻的圖案，美麗的程度遠遠超過威利的想像。他以為會出現相同的圖案，結果從來沒有。他立志把雪花保存下來，讓大家都能看到這些美妙的圖

案。

㈣ 作者說明角色的行為

例如：如果盒子裡的雪花都是碎的，他就用火雞羽毛輕輕把它們掃掉，再繼續收集。為了完整的雪花，他常常等好幾個小時，一點也不在意寒冷。

㈤ 作者說明其他人對該角色的反應

例如：鄰居們嘲笑他的想法。他們說：「在這個地方，雪像土一樣平常，誰稀罕照片。」

二、角色塑造應注意的事項

㈠ 呈現角色的多面向，避免以單一向度來描繪角色

認識一個角色就猶如認識一個人一般，必須一點一滴地從各方面來了解。因此，讀者可以從作者的直接敘述來了解角色，也可以間接地從角色的思想與情感、行為、他人反應等不同向度來認識。角色的特質如果只從單一向度來描繪，很容易流於刻板化，例如：許多童話故事常常以巫婆做為邪惡的典範，而以小孩作為純樸善良的代表，此種刻板的描繪，使得角色塑造缺乏深度。因此，多面向的角色描述才能吸引讀者仔細搜尋文字訊息，以加深角色的特質。

㈡ 角色的言行舉止必須符合所在的時空

角色的一言一行必須與其年齡、文化、教育背景相符合，否則會給予人時空錯亂的感覺。例如：《小恩的秘密花園》中的小女孩小恩從爸爸好久沒有工作、媽媽好久沒有人請她做衣服，感受到家庭經濟的窘境，善體人意的她被送到舅舅家時，不僅幫忙做麵包，還一心一意地在房屋周圍上下

種滿花朵，此舉終於使不苟言笑的舅舅臉上綻放笑容，最後兩人在分別時刻相擁而泣。像這樣小女孩的天真無邪和舅舅的冷若冰霜兩相對照，可以充分感受到兩人在年齡、思想上的差異；如果小女孩和大人一樣，只在意如何幫舅舅賺錢、吸引客人，那麼全篇故事反而失去赤子之心，而予人一副老氣橫秋的感覺。

㈢ 角色必須保持一貫性

角色可以隨著故事的情節而成長與發展，但其本質仍須具備一貫性。換言之，角色不應當因為故事中的某些經驗而完全改變。在《愛心樹》中，小男孩與樹快樂地生活一段時間。然而小男孩長大以後，卻不斷地向樹要一些東西，樹也竭盡所能的一再施予。在這個令人動容的故事中，讀者一路跟隨著這個男孩身心方面的成長與需求，從童年、青年、成年、中年到老年，在愛與被愛、施與受之間，充分感受到男孩的予取予求以及樹的無私奉獻，直到最終。

參 ■ 背景

背景（setting）是指故事所發生的時間和地點，此外還包括人物的生活方式、文化環境及氣候等。背景的設定方式可以是一個具體的場所，如《讓路給小鴨子》就是以美國波士頓公園為背景；也可以是不明確的小鎮、農場或森林，如《森林大熊》的背景只說明在某森林。此外，背景也可以從一個跳到另一個，例如《花婆婆》主角艾莉絲小姐從小住在

海邊城市，長大後到世界各地旅行，背景隨著她不斷改變，作者巧妙地將不同背景融合在一個完整的故事書中。

背景設定對某些故事來說很重要，對於某些則不重要。一般而言，歷史故事的背景設定對於故事內容的理解相當重要，光憑角色與情節是無從得知事件發生的時空背景，因此，許多有關傳記或歷史故事的圖畫書，作者對於背景一定要交代清楚。例如：《玄奘》一書的開頭便直截了當地說明：「西元 602 年，玄奘出生在河南，俗名叫陳褘。」而有些故事的背景則不需要作者費心解釋，只要簡略地以「從前，從前……」做為起頭，讀者便會聯想到這個故事是發生在一個不知名的地方，例如：《三隻山羊嘎啦嘎啦》等童話故事都是如此。

即使只是簡單的介紹，背景設定仍有許多不同的目的：製造氣氛、提供衝突、確立歷史背景，或是提供象徵意義（Norton, 1987）。製造氣氛是指背景設定可以增進故事角色情節可信度的氣氛；提供衝突乃指背景設定可能成為「人與社會」或「人與自然」衝突情節。確立歷史背景特別強調在歷史小說及自傳上背景的重要性。提供象徵意義是指運用背景暗示即將發生的事，例如恐怖的冒險以及神奇的改變經常發生在深邃幽暗的森林中，而絢麗的城堡則象徵「從此幸福快樂」的地方。

肆 ▪ 主題

　　故事的主題（theme）是情節、角色、背景所結合而成的意義整體，它是作者對生活、價值觀、信念、社會或人類行為所要傳達的情感、想法或意義。在一個故事中，可以有一個或多個主題，或為多個次主題。例如：歐亨利的《最後一片葉子》一方面刻畫藝術家相愛相助的溫情，另一方面則又描述紐約暗角的貧窮、悲慘與死亡。芭蓓蒂・柯爾的《我的媽媽真麻煩》雖以尊重特殊家庭為主題，其下卻暗藏寬容、彈性、溝通等次主題。

　　主題呈現的方式，可以分為兩種：

一、明示

　　所謂「明示」是指作者直接在結尾表露故事的主要思想，許多寓言故事中常用此種方式表現。例如：《傻鵝皮杜妮》中，那隻把書夾在翅膀下自以為這樣就會變得很有智慧的傻鵝，在亂出餿主意而害得許多動物受罪之後，才恍然覺悟「光把智慧夾在翅膀下，是不管用的，還得把書裝進腦袋裡才行」。像這樣在故事的尾端直接點明題意者，即屬於「明示」的呈現方式。

二、暗示

　　所謂「暗示」是指作者將故事的主題隱藏在情節當中，

行文時不發表任何主觀意見或評述。大多數的圖畫故事書即運用此種方式表現，例如：《小紅》一書的主角紅色皺紋紙，一身漂亮的皺褶卻被當成怪物，在群紙的熱心協力下，反而把它變成半紅半白的小可憐。然而就在大家以為再也沒有人會看上她的當兒，一位小學生卻買下她，做成一朵半紅半白的康乃馨來懷念舊媽媽及感謝新媽媽。像這樣，一直到故事最後，作者都沒有直接點明題意，但是讀者卻可以從行文間了解到「天生我才必有用」的道理。

主題用暗示方式呈現，讀起來饒富韻味，印象深刻，一旦觸碰到讀者所關照的地方，必然使讀者重新審視並評估自己的價值觀，對深層思考及價值澄清，功不可沒。然而，有時卻會讓讀者不容易把握主題重點。因此，圖畫故事書如果採用暗示的主題呈現法，務必考慮孩子的領悟能力，力求深入淺出，避免流於晦澀難懂，徒增小讀者的困難。

伍‧觀點

觀點（point of view）是指作者對敘述者的選擇，亦即指「誰在說故事」。觀點是故事敘說的立足點，在寫作上，觀點相當重要，因為敘述的焦點決定讀者對故事的了解，也決定文章的可信度。下列幾種是圖畫書作者最常運用的觀點：

一、全知觀點（The All-Knowing Point of View；The Omniscient Point of View）

敍述者知道所有角色的想法或行為，運用「他、她、它」等字眼來指稱角色。許多經典名著如《紅樓夢》、《水滸傳》、《戰爭與和平》、《包法利夫人》都是運用全知的觀點，至於圖畫故事書也有不少運用實例。例如根據莎士比亞名劇改寫的《羅密歐與茱麗葉》一書，作者對劇中人物有如下的描述：

> 羅密歐是個天真多情的人，他曾經為了羅莎琳睡不著覺，一個人躲起來想念她……提伯特的脾氣很暴躁，他絕不能容忍蒙太古家的人戴著面具混進來！他大發脾氣，恨不得把年輕的羅密歐打死。可是他的伯父老凱普萊認為，一來主人應該尊重賓客，二來羅密歐的舉止很正派，全維洛那城的人都誇讚他是個有教養的青年，所以不肯讓提伯特當場傷害他……茱麗葉想到剛剛說過的話，臉都紅了，想收回她的話，但已經來不及了。她本想按照閨秀們的習慣，跟情人保持一定的距離，皺皺眉頭，耍耍脾氣，狠狠地給求婚的人幾個釘子碰；心裡明明很愛，卻裝作很冷淡，或是滿不在乎，這樣，情人才覺得她們不會輕易到手；因為追求起來愈吃力，身價就愈高……神父同意他的理由，心裡想：也許可以藉著年輕的茱麗葉跟羅密歐的親事，將凱普萊和蒙太古兩家多年的仇恨好好消除……羅密歐覺得悲哀已經吸乾了茱麗

葉的血，不過他必須趕快離開，如果天亮以後，他在維洛那城裡被發現，就得判處死刑。這只是悲劇的開始……他堅決地吩咐她準備好，下星期四她就得嫁給帕里斯。他認為，他為茱麗葉找到的丈夫，又年輕又有錢，就是城裡最驕傲的女孩子也會願意接受，茱麗葉的拒絕不過是裝出來的羞澀，他不能聽從她的意思……

　　像這樣敘述者對每一個劇中人物的想法和行為都有深刻的了解，甚至能「預告」即將發生的事（如：這只是悲劇的開始），即是運用「全知的觀點」。

二、第一人稱觀點（The First-Person Point of View）

　　敘述者是故事中的角色，運用「我、我們、我的」等字眼來指稱自己。從這個觀點，讀者只能了解到敘述者所看到的一切及其行為、思想與情感。第一人稱觀點又可分為「主角第一人稱」及「配角第一人稱」兩種觀點。

㈠　主角第一人稱

　　故事中的「我」是故事中的主角，是以「我」的立場來說「我的故事」。例如：《糟糕的一天》中的「我」就是那位一整天都事事不順心的主角志成：

　　今天真是糟糕的一天！

　　從鉛筆掉在地上起，就什麼都不對勁了。

　　林老師問我：「志成，你為什麼像蛇一樣，在桌子下面爬？」

就這樣，班上的同學都叫我「小蛇」了。

㈡　配角第一人稱

故事中的「我」是故事中的配角，透過配角的眼睛及感受來敘述主角人物的行為舉止。例如：《我的媽媽真麻煩》中的「我」是主角「媽媽」的女兒：

媽媽真麻煩，你看她戴的帽子……

媽媽剛送我上這所新學校的時候，其他小朋友看到我們，就覺得好笑。

媽媽也好像不知道怎麼和同學的爸爸媽媽相處。

同學一直追問我，爸爸在哪裡？

媽媽說，除非爸爸不再喝酒，要不然，他就得一直待在一個特別的地方。

三、限定性第三人稱觀點（The Third-Person-Limited Point of View; The Limited Omniscient Point of View）

敘述者是故事的局外人，主要是從主角的觀點來說故事。主角的行為、思想、情感是敘述者所關心及所欲探知的焦點。例如：《花婆婆》中，主要是從「艾莉絲」的觀點來描述她的生涯發展：

晚上，艾莉絲常坐在爺爺的大腿上，聽他說一些很遠的地方所發生的故事。

每次爺爺說完故事，艾莉絲就接著說：「爺爺，我長大以後，要像你一樣去很遠的地方旅行。當我老了，也要像你一樣住在海邊。」

　　「很好，」爺爺笑著說：「但是，你一定要記得做第三件事。」

　　「什麼事？」艾莉絲問。

　　「做一件讓世界變得更美麗的事。」

　　「好哇！」艾莉絲答得又快又大聲。

　　但是，她不知道將來會做什麼事；她每天起床、洗臉、吃早餐、上學、做功課，這就是她的生活。

　　很快的，艾莉絲長大了！

　　艾莉絲決定去做她答應爺爺的三件事。

　　在全篇故事中，作者不可以隨意更改敘說的觀點，否則，讀者會被搞糊塗，滿頭霧水，摸不著頭緒。

陸 ▪ 風格

　　每位作者都會採取某種方式來展現個人獨特的風格，這種風格反映在語句的使用、故事的組織、敘說的觀點以及象徵的使用上。

1. 語句的使用——作者選用的字詞是容易的或困難的？這些字詞所設定的讀者年齡層是多大？故事所要傳達的主題是隱藏起來或直接陳述？

2. 故事的組織——段落間是否流暢？章節的長度、標題、前後言、註釋、篇幅等是否恰當？

3. 敘說的觀點——作者採用何種敘說觀點？對整篇故事的了解有什麼影響？

4. 象徵的使用——作者選用什麼角色或背景來增加故事的緊張性及衝突性？

　　圖畫故事書的風格相當多樣，諸如幽默誇張、細緻典雅、詩化優美、遊戲玩耍等等，不一而足。

$\approx$

　　除了上述文學要素之外，若要更詳細地分析探討，還可以從文章的對話（dialogue）、意象（imagery）、氣氛（atmosphere）、隱喻（metaphor）等方面著手。限於篇幅，本文僅舉情節、角色、背景、主題、觀點及風格等六大要素作為研究重心，不另行探討其他方面。

參考書目

徐永康（民87）。故事結構的分析。毛毛蟲通訊，98期，第一版。

蔡尚志（民81）。兒童故事寫作研究。台北：五南。

莫高君譯（民85）。幼兒文學——在文學中成長。台北：揚智。

Norton, D. E. (1987). *Through the Eyes of A Child: An introduction to children's literature*. Ohio: Merrill Publishing Company.

思考與討論

一、情節的發展可以分為哪幾個部分？

二、角色塑造應注意哪些事項？

三、主題的呈現分為哪幾種方式？各有何優缺點？

四、不同觀點的寫作方式對整本書有何影響？

五、圖畫故事書的風格可以從哪些部分展現出來？

學習活動

一、請選擇一本圖畫故事書，仿照圖 5-1 的方式分析該書的情節發展。

二、請選擇一本圖畫書，分析作者詮釋主角特質所運用的方式。

書名：

角色：

特質：

詮釋方式	書中例句
直接敘述	
陳述角色的言詞	
透露角色的思想和情感	
說明角色的行為	
說明其他人對該角色的反應	

三、請針對一本交代清楚背景的圖畫書，在地圖上找出所發生的地點，並蒐集
相關的背景資料。

四、請收集幾本第一人稱觀點的書，並分析書中「我」在整本書中的角色。

書　　名	「我」的角色

應用篇

第6章

朗讀、說故事與討論故事

學習目標:

♦ 了解朗讀、說故事與討論故事對孩子
的影響
♦ 學習朗讀、說故事與討論故事的技巧
♦ 學習依照不同的故事活動來挑選適合
的圖畫書或故事

朗讀、說故事與討論故事是孩子進入圖畫書世界的多元途徑。對孩子而言，這些活動是與大人建立親密關係的重要時刻；對大人而言，這些活動是幫助孩子解讀圖畫書的良好媒介。因此，大人若能將朗讀、說故事與討論故事融入生活中，則不僅能發掘出孩子的好奇與驚異之心，甚且能在孩子的內心散播尊重、欣賞與合作思考的種子。因此，本章將針對朗讀、說故事與討論故事的價值、原則與技巧等方面做深入說明。

壹 ■ 朗讀

　　孩子都很喜歡大人朗讀故事給他們聽。透過朗讀的過程，大人將自己對故事的詮釋、情感、態度傳遞給孩子，使孩子的心靈隨著大人朗讀聲的翅膀起飛，進入自由的想像世界。

一、為什麼要朗讀故事給孩子聽

　　對孩子而言，聽別人朗讀故事是一件輕鬆沒有壓力的事。在這個傾聽與欣賞的過程中，孩子自然而然地了解書寫方式，認識生字新詞，並熟悉語法。朗讀故事給孩子聽，也等於提供孩子欣賞創作風格，了解情節鋪陳，認同成功角色的機會，這對於引發孩子的閱讀興趣有很大的幫助。當孩子傾聽故事的機會愈多，其生活經驗與知識領域自然隨之擴展，影響所及，形成個人的想法與判斷。許多先賢偉人如盧

梭、居禮夫人、安徒生等都是在父母朗朗聲中播下淑世愛人的情操。

透過朗讀的過程，大人將自己對故事的詮釋、情感、態度傳遞給孩子

二、如何為孩子朗讀故事

朗讀雖然是按照書中的文字逐字逐句讀，卻不表示隨意從書架上拿出一本書就能夠朗朗上口。朗讀要流暢、自然而又吸引人，必須考慮下列原則：

㈠ 選擇一本自己所偏愛的圖畫書

唯有本身被圖畫書的內容所感動時，才能夠輕而易舉地交代故事的發展、詮釋故事的內容並傳遞故事的情感。因此，為孩子朗讀，必須不斷地閱讀各種體裁的故事，才不至於流於老套而失去新鮮感。

(二) 朗讀故事前，先預讀幾遍

預讀故事有助於認識作者的風格語氣、了解角色的詮釋方式、確定故事的發展關鍵、掌握故事的進展與停頓。因此，朗讀前宜先預讀幾遍，以免朗讀時因為對故事內容的陌生而時斷時續。如果在預讀時，遇到一些與自己格格不入的用詞時，不妨做適度的修改或是略而不讀。

(三) 揣摩有效的朗讀技巧

朗讀時如果結結巴巴，往往會使孩子聽得一頭霧水，失去興趣。有技巧的朗讀不僅讓孩子聽起來順暢易懂，同時也為孩子示範正確的朗讀方式。所以朗讀前，應該在鏡子前面練習臉部表情、聲音語調、肢體動作，以便製造氣氛，提高懸疑感。

(四) 安排一個有益於傾聽的舒適情境

朗讀時，應該站在或坐在孩子的前方中央，以利於每位孩子都能夠正面相向，專心聆聽。此外，拿書的高度應該與孩子的眼睛平行，以減少分心。

(五) 呈現插圖以輔助閱讀

朗讀時，如果為了看文字內容而將書面向自己，便等於剝削孩子視覺享受的機會。為了克服此種缺點，不妨將故事內容寫在書的背面，或者將插圖繪成單張的圖畫或拍成幻燈片，以便孩子可以專心分享內容及插畫。

(六) 鼓勵重新檢視書籍

當孩子聽完故事之後，即使他們剛剛聽過，他們仍然喜歡聽老師再讀一次，以便讓他們重新檢驗自己對故事的詮釋。當孩子熟悉故事的情節之後，可以透過反覆的聆聽來洞

察故事中的角色、事件與風格。

（七）　觀察孩子的反應

　　當孩子聽故事時，時而微笑、時而皺眉，正表示他們的心情隨著故事內容而起伏著，此時不妨透過問題及討論的方式，鼓勵孩子進一步探討故事。如果此時，孩子出現注意力分散或干擾行為的反應時，就必須留意一些問題，譬如孩子喜歡這個故事嗎？朗讀的音調與表情是否足以維持注意力？孩子理解故事的內容嗎？朗讀前是否已經很熟悉這個故事？練習過嗎？如果上述的答案都是肯定的話，就必須和孩子談談如何傾聽才有效，或者把愛干擾的孩子安排在身邊。

　　表 6-1 提供教師有效朗讀故事的指引，以為參考。

◈ 表 6-1　有效朗讀故事的指引

朗讀過程	提　　　　示
朗　讀　前	❖ 呈現書的封面並探討封面插圖，鼓勵孩子與自身經驗做連結。 ❖ 鼓勵孩子預測該書內容。 ❖ 與孩子討論該書的作者及插畫家。 ❖ 向孩子介紹主角、情境或主題。
朗　讀　中	❖ 鼓勵孩子在說故事中積極反應及評論。 ❖ 故事的表達及內容詳細度配合孩子理解能力的需要。 ❖ 在適當之處，請孩子預測即將發生的事。 ❖ 偶爾問問題以了解孩子對故事的理解及詮釋。 ❖ 當孩子一臉茫然時，改變方式重述故事。

（承上表）

朗讀後	❖回顧故事內容（角色、情節、情境、問題、解決方法等）。 ❖鼓勵孩子表達自己對故事的感受及想法。 ❖協助孩子將主角所發生的事件與其自己的生活做連結。 ❖配合故事內容，設計延伸活動。

三、什麼樣的圖畫書適合朗讀

(一) 詞句優美的圖畫書

　　有許多圖畫書的用字遣詞優雅，值得細細品味，更值得應用在寫作中。例如：《一片披薩一塊錢》中描述吃到大熊阿比的披薩時，感覺是「光聞香味就讓你猛流口水；吃了下去，好像陽光在按摩你的胃；感覺沒有翅膀也能飛」，或者大財主朱富比教人吃蛋糕的方式「應該先用眼睛，欣賞它的外形。然後用鼻子，細細把香味聞聞。再用叉子溫柔地切下一塊，感受它的彈性。最後才送入口中，用牙齒、舌頭來品味它的生命……」。全書中類似這樣生動細膩的描繪，讓人在腦海中想像那種吃東西的感覺，就非常適合朗讀給孩子聽。

(二) 插畫內容豐富的圖畫書

　　插畫用來補充正文的不足，因此有些文字並沒有明顯描述出來的地方，就必須透過插畫來閱讀。例如：《我的媽媽

真麻煩》中，談到媽媽的帽子、媽媽不曉得如何和他人溝通、同學到家裡來都玩瘋了等，文字都是很簡潔地帶過去，可是插圖內容卻相當豐富。朗讀到此處，停頓一下，可以讓孩子享受尋找的樂趣。

㈢ 具有猜測效果的圖畫書

有些書需要翻到次一頁，才知道答案。此時朗讀是最適合的。例如：《棕色的熊、棕色的熊，你在看什麼？》每一頁中，都是以「棕色的熊、棕色的熊，你在看什麼？我看見一隻紅色的鳥在看我。」的類似句法表現。像這樣，重複朗讀幾次，孩子自己便可以朗朗上口，無形中添加幾許朗讀的樂趣。

貳 ▪ 說故事

說故事是一個源遠流長的活動。在文字尚未發明之前，說故事一直是兩代間傳遞文化、思想、語言和情感的重要方式，尤其在倡導兒童閱讀活動的今日，說故事活動儼然成為學校、社區所積極推廣的文化活動。

一、為什麼要說故事

為什麼要說故事給孩子聽？聽故事帶給孩子什麼好處呢？林秀兒（民88）曾以深刻動人的描繪來說明說故事對孩子的影響，她說：「當孩子心田裡播下各式各樣不同的神話、傳說、童話等故事種子，看似沒什麼，卻有一場靜悄悄

的文化碰撞進行著」。具體而言，就孩子本身，說故事至少應該有如下的好處：⑴在輕鬆的氣氛下享受聽故事的樂趣；⑵培養專注力及語言運用能力；⑶培養對故事、對書籍以及對閱讀的喜好；⑷拓展生活見聞，培養思考能力。

二、如何選擇適合口述的故事

圖畫書雖多，但不是所有的圖畫書都適合做為說故事的材料。至於應該選擇什麼樣的故事來說呢？以下提供幾點選擇的參考：

㈠ 選擇完整結構的故事

適用於口述的故事通常都有完整結構，所謂完整結構是指這些故事一開始便能清楚交代背景及問題，使人渴望了解後續的發展；隨後，情節發展一路攀升，懸疑性節節上升，將劇情推到最高點；到最後緊要關頭，問題解決，圓滿地交代結局。一般而言，童話、神話、傳說、民間故事、歷史故事、傳記等都具有上述特質，因此相當適合口述。

㈡ 選擇適合孩子年齡與經驗的故事

故事的選擇要符合孩子的年齡與經驗。對學前階段的孩子而言，選擇的故事要短而簡潔，且是孩子所熟悉的事物。此外，幽默、荒誕及累積性的故事都是不錯的選擇。對六至十歲的孩子而言，童話或民間故事都很適合；對高年級兒童而言，冒險故事、英雄故事、神話及傳說較為適合。

㈢ 選擇適合自己風格、能力及人格特質的故事

故事要說得好，選擇適合自己風格、能力及人格特質的故事很重要。譬如，故事中若需要急口令，而自己的口舌卻

不甚靈光，最好能避免，以免破壞故事的趣味性。自己若屬於拘謹小心型，最好不要選擇太過逗趣詼諧的故事，以免說起故事來讓人覺得太正經八百。

三、說故事前的準備工作

　　說故事如同演戲一樣，演戲要演得好，必須經過多次的揣摩演練，才能將角色的情感與動作生動地表現出來。同樣地，說故事者要將故事說得好，除了準備、練習及經驗外，別無捷徑。至於怎樣準備說故事呢？ Rothlein 與 Meinbach（1991）提出幾個步驟供說故事者參考：

1. 將整篇故事朗讀數次。
2. 分析情節，決定開場、結束及不同的場景。
3. 分析故事以決定情節、衝突及高潮。這些要素在說故事當中是特別需要強調的地方。
4. 留意重複的字句。
5. 揣摩角色，賦予角色生命，以利於傾聽。
6. 摹想情境並決定故事的氣氛。
7. 考慮何種姿勢、臉部表情及語調適合烘托故事的氣氛。
8. 列出故事大綱。大綱必須包括開場、主要場景、高潮及結局。說民俗故事時（民間故事、神話、傳說及寓言），必須背誦一些開場及結束的字句，因為它們直接為故事架設舞台，使學生沉浸在奇妙的氣氛中。整個故事中重複的字詞也需要記憶，唯有正確而重複的敘述才能使學生聽到正確的口述故事。下列簡要的大綱可以做為範例。

龍佩爾施迪爾欽（Rumpelstiltskin）

(1)介紹

　　有個很窮的磨麵粉工人，他有一個漂亮的女兒。有一次一個偶然的機會，他能和國王說話，為了受到他的重視，他說：「我有一個女兒，她能把稻草紡成金紗。」

(2)場景

　　①國王將女兒帶到一間裝滿稻草及一架紡車的屋子。國王告訴她除非她能將稻草紡成金紗，否則就會被殺。女孩坐在那裡哭泣，一個奇怪的小矮人出現。「如果我為你紡成金紗，你要拿什麼謝我？」她給他項鍊。

　　②場景重複，只是這一次她被帶到較大一個充滿稻草的屋子。她再次碰到奇怪的小矮人，「如果我幫你紡成金紗，你會拿什麼謝我？」她給他戒指。

　　③第三次，她再度被帶到更大充滿稻草的房間而且再次碰到奇怪的小矮人。「如果我幫你紡成金紗，你要拿什麼謝我？」這一次她沒有東西可以給他，只好答應給他第一個出生的孩子。

　　④女孩成為皇后，一年後她生了寶寶。皇后請他放棄她所答應的事。他說如果在三天內，她可以想出來他的名字，他就可以放棄。

　　⑤皇后派使者到各地去調查名字。當前兩次奇怪的小矮人出現，皇后試著叫出各種名字。每一次他都說：「不是！這不是我的名字」。

⑥最後，一個使者在森林裡聽到：「今天個我烤餅，
明天個我釀酒，再過一天皇后的孩子就歸我所有；
真幸運沒有人知道我叫龍佩爾施迪爾欽。啊哈！真
妙嘍！」

(3)高潮

皇后猜到龍佩爾施迪爾欽的名字。

(4)結局

皇后猜到他的名字之後，龍佩爾施迪爾欽很憤怒：
「在盛怒之下，他氣得右腳猛地一踩，把整隻腳陷進地
裡，深及腰部。接著他大發脾氣，雙手抱住左腳一踩，
把自己撕成兩半。」

◆作者按：此故事出自於格林童話全集，遠流有中文譯本《爛皮兒踩高蹺皮
兒》。

9.在鏡子前面練習手勢、臉部表情及適當的抑揚頓挫。說故
事必須練習到成為習慣，成為故事中的一部分為止。字彙
必須運用到能魅惑聽眾而使他們聽得津津有味為止。

10.如果可能，將故事錄影或錄音下來。用自己的標準客觀地
評量。你抓住故事的氣氛嗎？你運用豐富的語言嗎？故事
進行得順暢嗎？你的咬字清晰嗎？你能運用表情及姿勢來
傳遞氣氛及情節嗎？你是否能成功地轉換聽眾的時空？你
是否能將自己的身分轉變為故事的一部分？運用你自己的
分析做任何需要的調整。

11.將你的大綱儲存在故事匣中當做未來的參考。如此一來，
你將可以建立故事庫，並不斷要求自己成為說故事者。

四、說故事

除了上述一些準備與開場外，正式說故事時，必須留意下列幾點：

㈠ 安排一個適當而溫馨的場地

說故事的場地應選擇讓所有孩子都可以看到或聽到的地方。溫馨的場地會讓人覺得聽故事是一種享受，因此，說故事前應先布置場地。在說故事角落鋪設地毯，放置低矮柔軟的沙發椅、懶骨頭、墊子、摺疊休閒椅，都可以營造出親密、溫暖的說故事氣氛。

㈡ 設計簡單而特殊的開場

故事一開場，氣氛的營造很重要，其實只要運用一些小技巧便可以烘托出說故事的氣氛，例如運用燈泡來暗示聽故事的時間到了；或者，在說故事的角落放置有關故事的圖片；甚或用彈吉他或吹笛子等方式來吸引孩子走進故事現

說故事前，不妨設計簡單的活動來引發孩子的興趣

場。

　　故事的開場可以運用問問題、介紹故事背景、變魔術、
玩小把戲等方式。須注意的是，開場的時間不可以太長，否
則孩子坐得太久會不耐煩。

(三)　保持眼光的接觸並留意反應

　　說故事時，應與孩子保持眼光的接觸，如此才能從孩子
的口語（談論、發問、交談）與非口語（眼光、表情、動
作）反應來了解他們的感受。譬如，注意他們的表情看起來
是否很疑惑？是否感到有興趣？或是覺得很無聊？是否說得
太快或太慢？是否熱中參與故事內容？注意孩子們的反應才
能妥善運用這些回饋線索做適當的修正。

(四)　設計簡單的活動使孩子參與其中

　　在講故事時，若設計簡單的活動很容易引發孩子對故事
的濃厚興趣，譬如講《遲到大王》時，何妨邀請孩子一起唸
出主角「約翰派克羅門麥肯席」的名字；或在講《祖母的妙
法》時，請孩子幫主角唸出克服焦慮的咒語：「卡啦卡啦，
我膽子大，我是高大力，我誰都不怕！」此外，故事講到一
個段落，也可以問孩子：「猜猜看接著會發生什麼事？」或
者，「剛才，老鼠爸爸已經找過哪些人當老鼠女兒的新郎
了？」此外，增加音效也是一種趣味橫生的方式，譬如講
《好朋友》時，在公雞、老鼠、豬叫醒大家起床時，何妨來
個動物輪唱與合唱。

(五)　伺機變化音量、語調、語氣，使故事聲聲入扣

　　說故事時的音量、語調、語氣是吸引孩子目光的最佳利
器。音量的大小、語調的高低、語氣的輕重緩急，往往使孩

子的心情隨著情節的變化而起伏。當然，在聲音的變化上若能再配合手勢與動作，所呈現出來的故事更娓娓動人。

(六) 運用孩子的疑問引發思考與討論

在聽故事的過程中，孩子也在進行思考，偶爾心靈有所觸發，便會提出疑問或發表個人的心得感想。此時，無論孩子提出什麼問題或發表什麼心得感想，只要是有感而發，都值得運用他的提問與心得來激發大家共同思考，以促進有意義的對話。例如：在講《森林大熊》時，孩子突然提出「大熊坐公車也要買票嗎？」的問題，遇到此種狀況時，不妨將問題反拋回去給在場的孩子，彼此相互聽聽個人的理由。

(七) 妥善運用道具來說故事

運用道具來說故事，可以加深孩子感官的接受力與理解力，然而道具的運用以不打斷故事的述說為主。道具可以幫助故事的理解，所以妥善運用現成的東西可以節省更多的時間。例如：講《老鼠娶新娘》時，何妨用檯燈當太陽，書本當山丘，手帕摺成老鼠，如此講起故事來便生動有趣多了。

(八) 不要死記故事內容

說故事不等於背故事，死記故事內容往往會將故事的氣氛破壞殆盡，不值得一試。其實，只要能熟悉情節，說得順暢，效果反而會比照本宣科的方式更好。

(九) 準備評量表做為回饋的依據

評量是自我了解的重要方式。以下提供「說故事自我評量表」以及「說故事聽眾評量表」兩種表格做為說故事結束後回饋改進的依據。

表 6-2　說故事自我評量表

故事名稱：	日　　期：
聽眾年齡：	人　　數：
使用道具：	情境安排：

聽眾的整體反應：

說故事過程中，<u>互動效果最好的部分及原因</u>：

說故事過程中，互動效果最差的部分及原因：

下次改進的意見：

聽眾所提值得再深入討論的問題：

備註：

◈ 表 6-3　說故事聽眾評量表

項　　目	評　　分	評　　語
是否選擇適合聽眾的故事？	2　4　6　8　10	
是否熟悉故事內容？	2　4　6　8　10	
是否注意環境的安排？	2　4　6　8　10	
是否營造融洽的氣氛？	2　4　6　8　10	
是否掃視聽眾，保持目光接觸？	2　4　6　8　10	
是否留意聽眾反應，給予回饋？	2　4　6　8　10	
是否使用適當的措辭用語？	2　4　6　8　10	
是否運用適當的表情動作？	2　4　6　8　10	
是否運用適當的音量與速度？	2　4　6　8　10	
是否恰當掌控說故事的時間？	2　4　6　8　10	

總　　　分：_____

評量者姓名：_____

評 量 日 期：_____

附註：總分 100 分，每一項目以 10 分爲最高分，2 分爲最低分。

五、如何建立故事庫

(一) 故事的來源

　　一般人談到蒐集故事，總是直接聯想到故事書。事實上，生活處處有故事，並非訴諸文字才叫故事。除了故事書中的故事外，每個人的成長歷程、街坊鄰居的奇聞軼事、耆老學者的生命檔案，乃至各地的奇風異俗等等，都是口述故事的重要來源。當然，除了這些口述故事的來源外，報章雜誌的故事版、錄音帶、錄影帶、電視節目等視聽媒體、兒童故事劇等等，都是蒐集故事的重要來源。值得一提的是多看、多想、多問、多寫，才能使原本聽起來或看起來不甚吸引人的故事，在多方潤飾之下變成篇篇動人的故事。

(二) 建立故事庫

　　人免不了會遺忘，再動聽的故事也會隨著歲月而逐漸淡忘。因此，建立故事庫有其必要性。故事一旦蒐集而來，就必須加以建檔，以下提供建檔登錄卡做為參考（見下頁表6-4）。

參 ■ 討論故事

　　討論故事是兒童文學課程中很重要的一環，它可以透過兩個人、一個小組或一整個班級進行。討論故事可以建立師生雙向互動的關係，對老師而言，討論故事可以了解孩子看了哪些書？對故事的了解程度有多少？思考的深度與廣度如

◈ 表 6-4　故事資料庫建檔登錄卡

故事名稱：_____　　故事種類：_____　　編號：_____

作者：_____　　畫者：_____　　譯者：_____

出版社：_____

主題：

背景：

角色：

觀點：

情節：

總評：

何？對孩子而言，討論故事提供一個合作思考的機會，它不僅幫助孩子確認、擴展及修正個人對故事內容的理解，甚至在成人的引導下，培養傾聽、發問與表達的技巧，學習說理與思考，建立對自己有意義的知識系統。

討論故事既然有這麼大的功用，然而究竟什麼才是討論？討論故事與談論故事有什麼不同？應該要如何準備故事的討論？以下逐一說明之。

一、什麼是討論？

討論是一種探究與解決問題的歷程。在說故事活動中的討論，所有參與成員的心態是開放的，都可以發表自己的意見與想法，當然也要尊重其他人的意見與想法。討論不等於你來我往，有問有答；也不是海闊天空，閒聊暢談；當然更不是預設立場，等人家達到那個結論。那麼討論究竟是什麼？徐永康（民 88）曾用一個很好的譬喻來說明討論的性質，他認為討論「就如同參加宴會時，我們各自帶了自己的一盤菜，與別人的交換著吃，回去時，大家都帶著其他菜的味道回去」。

二、討論故事與談論故事有什麼不同？

討論故事與談論故事經常被混為一談。其實，與孩子說故事時，可以將討論再區分成兩個部分、四個階段，也就是談故事與討論故事兩個部分：由自身經驗進而到情緒及基本思考技巧，然後是心理的反省層面，最後再到哲學層面。前兩個階段屬於談論故事的部分，後兩個階段則是討論故事

（陳鴻銘，民 87）。討論故事與談論故事的異同，茲以表
6-5（見下頁）說明之。

三、如何準備故事的討論？

㈠ 挑選適合討論的故事

　　適合討論的故事必須有思考的空間，所以如果教訓意味
太濃厚，如寓言就不適合討論。那麼什麼才是具有思考空間
的故事？茲說明如下：

1. 要有解決問題的故事：例如講到《打勾勾》這個故事，就
　　呈現出一個問題即：「與人約會約錯地點怎麼辦？」
2. 提出假設的故事：例如在《明鑼移山》中呈現出幾種移山
　　的方法，這樣的內容便可以刺激孩子去思考「如果是你，
　　你會……」。
3. 發揮想像的故事：例如講《瘋狂星期二》的故事，何妨讓
　　孩子想想：「『瘋狂星期三』會發生什麼事？」
4. 經驗延伸的故事：例如講到《莫里斯的妙妙袋》時，便可
　　以討論：「當哥哥姐姐都不和你玩時，你的心情會怎麼
　　樣？這時你該怎麼辦？」

㈡ 練習發問的技巧

　　發問是要使所有參與討論的成員能從討論的過程中，學
到如何做更好的思考。以表 6-6（見頁 155～156）說明幾種
發問的技巧。

表 6-5　討論故事與談論故事的差異比較

	層　　次	運用的思考技巧	範　　例
談論故事	自身經驗	簡單的思考技巧：回憶、口語表達、經驗整理	老師：青蛙與癩蝦蟆一起去買冰淇淋，可是卻下不了決心吃哪一種比較好，於是…… 小孩：吃草莓的！ 小孩：巧克力比較好吃。 幾乎每個人都說出他們喜歡吃的口味。
談論故事	情緒及基本技巧	更深入的思考技巧：回憶、簡單敘述、尋找相關性、類比技巧	老師：你們吃冰淇淋是用咬的還是用舔的？ 孩子七嘴八舌地回憶吃冰淇淋的方法，當然還有其他的方式。
討論故事	心理的反省層面	「換個方法想」、「換個角度看」的思考技巧：聯想、分析、想像、創造、同理心、假設、價值澄清	老師：如果你是媽媽，你會不會讓生病的小孩吃冰？為什麼？ 每個孩子都努力地想說明自己會怎麼做，大都說不會讓生病的孩子吃，也有說那太可憐了，給他吃少一點。 （各種說法與理由充分反映出孩子在同理心、分析與假設的思考能力。）
討論故事	哲學層面	高層次思考技巧：從交換心得與經驗中開始尋找普遍性、建立抽象概念、建立有意義的認知系統、形成行為信念、構築完善推論、確立價值觀	老師：如果我們認為為了某個人好，是不是就可以強迫他做或不做某事呢？ （此問題乃希望孩子能從建立抽象概念的過程中，尋找出具有普遍意義的價值觀。）

資料來源：整理自陳鴻銘（民 87）

表 6-6 　發問的技巧

技　巧	方　　式	例　　句
澄　清	A.重複對方的意思，以確定自己或其他人有沒有誤解。 B.不明白對方所表達的意見，請他舉例說明。 C.發現大部分成員不了解說話者的意思。	你的意思是……嗎？ 你說的 XX 是什麼意思？ 有人要問甲什麼問題？
假設與預設	A.覺得對方隱含某個假設，如果不澄清的話，會妨害進一步的討論。 B.邀請其他人來檢視說話者或故事中的人所做的假設。	你做了什麼假設？ 你們認為他做了什麼假設？
理由和證據	A.邀請對方為自己的理由提出說明。 B.在對方說明理由或提出證據之後，仍希望再做進一步的澄清。 C.引導成員反省自己所提出的理由。	你為什麼會認為……？ 你可以舉一個例子或是反例嗎？ 你覺得引用這個……恰當嗎？
觀點、角度和意見	A.引導成員反省自己的觀點。 B.邀請成員思考與自己意見相左的情況。 C.嘗試引入更多元的觀點，可以邀請成員發現更多的可能性。	假設有人不同意你的觀點，你想他們可能會怎麼說？ 如果換另外一種說法會怎麼樣？ 有沒有可能……？
推　論	A.從說話者隱含的假設中，試著去做推論，看看可以得出什麼結論。 B.邀請成員思考有關後果的問題。	從你所說的話，我們可以推論出什麼？ 即使……你還會認為這樣嗎？

（續下表）

	A.針對剛剛提出的問題，與目前在討論的議題間的關聯。	你認爲這個問題現在問合適嗎？
關於問題本身	B.思考問題本身隱含的假設及可能性，期使目前的討論有所進展。	這個問題本身假設了什麼？
	C.針對剛才由問題延伸出來的討論進行反省，檢視問題與討論之間的關係。	這樣有沒有回答了這個問題？

　　類似這樣的啓發性問題會不斷刺激孩子深入思考，進一步澄清自己的想法，爲自己的說法，找到更合理而有利的證據，從而形成有意義的學習。

（三）　練習批判性思考

　　爲了使討論時能破除傳統僵化的思考模式，培養批判性思考的能力及意向刻不容緩。所謂批判性思考的能力與意向，根據 Ennis（1987）的說法，認爲兩者分別包含如下能力：

□批判思考能力

1. 確切明白，亦對事物狀況了解清楚：(1)把握問題重點；(2)能對某一爭論點加以分析；(3)發問並回答具有澄清作用或挑戰性的問題。

2. 堅定的基礎：(1)能判斷資料來源的可信度；(2)能客觀觀察及判斷報告的可靠性。

3. 推論：(1)從事演繹思考及判斷何者爲演繹思考的能力；(2)從事歸納思考及判斷何者爲歸納思考的能力；(3)從事價值判斷的能力。

4. 交互作用：(1)從形式、內容和事實三方面用詞，判斷定義；(2)明確辨別假定；(3)做出決定；(4)與他人交互作用。

□批判思考意向

1. 對問題或假設等力求清楚的陳述與了解。

2. 尋求理由、原因。

3. 試圖獲得充分資訊或消息靈通。

4. 採用並引述可靠資源。

5. 對問題做全盤考量而不做片段解釋。

6. 不偏離主題重點。

7. 時時謹記自己原本的目標或基本觀點。

8. 尋求更多的可行方案或替代方案。

9. 開闊的心胸：(1)慎重考量他人的意見；(2)從與己不同之觀點從事客觀推理；(3)證據、理由不充分，不輕易下判斷。

10. 當證據或理由充分，就下審慎判斷或改變原先判斷。

11. 力求精準確實。

12. 有條不紊地依序處理複雜問題。

13. 應用個人既有的批判思考能力。

14. 敏銳地認知他人的感覺。

　　一旦批判思考成為一種生活態度與學習風格，那麼討論的進行自然而然可以從彼此的對話中，獲得有意義的學習。

(四) 培養開放尊重的心態以及方法

　　在討論的過程中，大人必須保持開放的心態，孩子才願意發表各式各樣的想法。反之，大人若是無法放下權威的角色，討論便很容易流於「我說你聽」的結果。所以當孩子提出問題時，大人應該避免太早提供答案，以免阻礙孩子自己

發現答案的機會。

⌒⌒⌒

任何技巧的練習都遠不如情意的培養來得重要，朗讀、說故事與討論故事的最終目的無非是希望在孩子的心田中「灑下希望灑下愛」。當時序進入公元兩千年的「兒童閱讀年」之際，說故事活動已然成為社區文化的表徵。無庸置疑地，說故事活動將為成長中的孩子注入新的力量，使其在多元混亂的社會中，仍保有一份獨立的思考及體恤的心靈，用以迎接生命中的種種挑戰。

參考書目

林秀兒（民 88）。天方日夜譚。毛毛蟲月刊，112 期，27-28
　　頁。

徐永康（民 88）。探索團體的經營。毛毛蟲通訊，106 期，
　　第一版。

陳鴻銘（民 87）。談故事與討論故事。毛毛蟲通訊，97 期，
　　第一版。

Ennis, R. H. (1987). A taxonomy of critical thinking dispositions
　　and abilities. In J. Baron & R. Sternberg (Eds.), *Teaching
　　Thinking Skills*. New York: W. H. Freeman & Co.

Rothlein, L. & Meinbach, A. M. (1991). *The Literature Connection*.
　　Illinois: Scott, Foresman and Company.

思考與討論

一、為孩子朗讀時，應注意哪些要點？

二、什麼樣的書適合朗讀？

三、如何選擇適合口述的故事？

四、說故事時，應注意哪些事項？

五、討論故事與談論故事有什麼不同？請舉實例說明之。

六、發問的技巧有哪些？請舉例說明之。

學習活動

一、請選擇一本適合的圖畫書，朗讀給一位學前階段的幼兒聽，並記錄該幼兒的口語（補充、附和、提問、評論）及非口語（表情、肢體動作）反應。

圖畫書書目：	對象：	
朗　　讀　　內　　容	口語反應	非口語反應

二、請選擇一則故事，說給低年級兒童聽，並運用表6-2及表6-3來記錄評量。

◇ 表 6-2　說故事自我評量表

故事名稱：　　　　　　　　　　　日　　期：
聽眾年齡：　　　　　　　　　　　人　　數：
使用道具：　　　　　　　　　　　情境安排：

聽眾的整體反應：

說故事過程中，互動效果最好的部分及原因：

說故事過程中，互動效果最差的部分及原因：

下次改進的意見：

聽眾所提值得再深入討論的問題：

備註：

◇ 表 6-3　說故事聽眾評量表

故事名稱：　　　　　　　　　　　　說故事者：

項　　　　目	評　　分	評　　　語
是否選擇適合聽眾的故事？	2　4　6　8　10	
是否熟悉故事內容？	2　4　6　8　10	
是否注意環境的安排？	2　4　6　8　10	
是否營造融洽的氣氛？	2　4　6　8　10	
是否掃視聽眾，保持目光接觸？	2　4　6　8　10	
是否留意聽眾反應，給予回饋？	2　4　6　8　10	
是否使用適當的措辭用語？	2　4　6　8　10	
是否運用適當的表情動作？	2　4　6　8　10	
是否運用適當的音量與速度？	2　4　6　8　10	
是否恰當掌控說故事的時間？	2　4　6　8　10	

總　　　　分：＿＿＿＿＿＿＿

評量者姓名：＿＿＿＿＿＿＿

評 量 日 期：＿＿＿＿＿＿＿

附註：總分 100 分，每一項目以 10 分為最高分，2 分為最低分。

三、請觀察一則師生間的故事對話，並分析這些對話中所運用的思考技巧及層次。

	層　次	運用的思考技巧	對　話　內　容
談論故事	自身經驗		
	情緒及基本技巧		
討論故事	心理的反省層面		
	哲學層面		

四、請帶領一個八至十人的故事團體進行故事討論，並分析自己所運用的發問
技巧。

技　　　巧	發　問　的　問　題
澄　　　清	
假　設　與　預　設	
理　由　和　證　據	
觀點、角度和意見	
推　　　論	
關　於　問　題　本　身	

第 7 章

多元智能的圖畫書活動設計

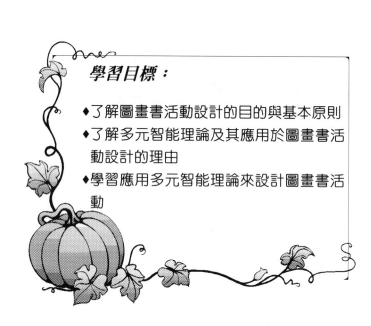

學習目標：

◆了解圖畫書活動設計的目的與基本原則
◆了解多元智能理論及其應用於圖畫書活動設計的理由
◆學習應用多元智能理論來設計圖畫書活動

當圖畫書靜靜地陳列在書架上時，如果沒有經過互動交流，即使內容再好，也會失去其原有的價值；因此，為了彰顯圖畫書的價值，最有效的方式莫過於設計趣味動態的活動。有鑑於此，本章嘗試應用多元智能理論，設計一套統整性的活動，以期充分發揮圖畫書應有的魅力。

壹▪圖畫書活動設計的目的與基本原則

　　圖畫書活動設計的目的在透過多樣化、活潑化、深度化、統整化的活動來促進孩子對所閱讀的圖畫書做加廣與加深的研究，期望藉此加深對圖畫書內涵的了解（知），培養愛書惜書的態度（情），並增進閱讀的樂趣（意）。

　　設計圖畫書活動，必須把握下列幾項原則：

1. 重視新舊經驗的銜接。
2. 符合孩子的發展特質、能力、興趣與需要。
3. 統整各種學習經驗。

貳▪應用多元智能理論的理由

　　「多元智能論」（The Theory of Multiple Intelligence，簡稱 MI）係於 1983 年美國哈佛大學迦納（Howard Gardner）教授在其所出版的《心智的架構》（*Frames of Mind*）一書中所提出（作者按：本書已有中譯本《7 種 IQ》）。該理論有別

於傳統只重語文與數學能力的智力理論，而提出至少七種基本智慧能力，包括語言智能（linguistic intelligence）、邏輯—數學智能（logical-mathematical intelligence）、音樂智能（musical intelligence）、視覺—空間智能（visual-spatial intelligence）、肢體—運作智能（bodily-kinesthetic intelligence）、人際智能（interpersonal intelligence）、內省智能（intrapersonal intelligence）。具備此七種智能所擅長的能力、運用的優勢感官、可能的特徵、職業範型，茲列表說明之（表7-1）：

表 7-1　多元智能的內涵

智能	擅長能力	運用的優勢感官	可能的特徵	職業範型
語言智能	有效運用口頭語言或書寫文字的能力	視覺感官 口語	喜歡閱讀、寫作、繞口令、兒歌 常講故事、說笑話、編廣告詞 拼字、認字能力強 記小事的能力特別強 容易說服別人	作家、詩人、記者、演說家、新聞播報員
邏輯—數學智能	有效地運用數字和推理的能力	視覺 左腦思考	常問有關程序的問題 心算能力強 喜歡玩邏輯推理的遊戲 喜歡把事物分類分等級 喜歡作實驗及過程複雜的思考	科學家、數學家、會計師、工程師、電腦程式設計師
音樂智能	覺察、辨別、改變和表達音樂的能力	聽覺 感覺	對音階、音律、音色極為敏感 喜歡自編旋律、改編歌詞、哼唱曲子、打節拍	作曲家、演奏家、指揮、樂師、樂評人、

（續下表）

			容易學會唱歌、彈奏樂器 喜歡參加音樂團體	樂器製造者
視覺—空間智能	準確地感覺視覺空間，並且把所知覺到的表現出來	視覺 觸覺	喜歡畫圖、勞作或雕塑 喜歡玩拼圖、走迷宮、玩積木及立體模型 喜歡創造心靈圖像，以圖像記憶 對地圖、圖表的領悟力強 顏色能力強	藝術家、建築師、航海家、飛行員、畫家
肢體—運作智能	善於運用整個身體來表達想法和感覺，以及運用雙手靈巧地生產或改造事物	動覺 觸覺 味覺 嗅覺	對身體控制有極佳的能力 喜歡跳舞、演戲 喜歡雕刻、木工、模型等動手做的活動 喜歡拆解物品或組合物品	運動員、舞蹈家、雕塑家、外科醫生、手工藝者
人際智能	覺察並區分他人的情緒、意向、動機及感覺的能力	感覺 視覺	長於協調溝通 擅長串場及混合 喜歡與同伴交流 喜歡合作、團隊活動 容易覺察別人的意圖與反應	顧問、政治家、教師、社會工作者
內省智能	有自知之明，並據此作出適當行為的能力	感覺	了解自我的優點及長處 重視個人價值 深刻體會個人感受 花時間思考自己的思考方式 喜歡獨處 個性獨立、意志堅強	心理治療師、宗教領袖、神學家、哲學家

除表 7-1 所述之外，迦納教授進一步揭櫫幾項要點，值得省思（摘自李平譯，民 86）：

1. 每個人都擁有此七種智能，但各人優勢智能的分布情形不同。

2. 幾乎任何人只要給予適當的鼓勵、機會、環境和教導，這七種智能都可以得到高度的發展。

3. 多元智能以複雜的方式統合運作，沒有任何智能是單獨存在的。

4. 每一項智能的呈現方式具有多樣性，因此沒有特定的標準來評定某個人在某一智能領域的聰明與否。

　　1995 年迦納教授補充第八種智能──自然觀察者智能（naturalist intelligence），然而他以為人類的多元智能應不僅這些，陸陸續續將鑑識出新的智能。最重要的是「他的多元智能理論所提倡者，僅是一些觀念，絕非教人如何教學或以之為實施教育的指南；它不是食譜。然而，他也說人們可以其理論架構為依據，做各種不同的應用」（轉引自邱連煌，民 86）。為此，本章嘗試將多元智能理論應用於圖畫書活動設計上，其所植基的理由如下：

1. 多元智能活動考慮到每個人不同的優勢感官，可以加深印象，增進理解。

2. 每一本圖畫書的特質與主題不同，須用多樣的方式傳遞圖畫書的內涵。

3. 多元智能活動的統合運作可以活化閱讀的廣度與深度，增進閱讀的興趣。

參 ‧ 促進多元智能發展的圖畫書活動設計

一、語言智能的活動

㈠ 講故事

　　講故事的方式除了老師親自講之外，也可以請孩子們自己講故事，或請各行各業人士，甚或講故事高手助陣。故事的講述方法可以照本宣科，也可以讓兒童自創或改編，方式不一而足。其中，改編故事所製造的幽默最討人喜歡，《三隻小豬的真實故事》、《臭起司小子爆笑故事大集合》趣味橫生，讀完不免令人會心一笑。

㈡ 討論

　　討論旨在使彼此的想法、觀感、意見相互交流。討論的主題可以由老師決定，亦可以由孩子提出，問題愈開放愈值得討論。例如：看完《這是我的》一書之後，可以討論玩玩具的規則；為了讓每個人都參與討論，不妨運用丟球、傳沙包、給「說話棒」等技巧，以使每個人都有平均的發言權。

㈢ 錄製有聲書

　　閱讀完一本圖畫書之後，老師可以將孩子自編的故事、討論的事情，以及所從事的活動錄下來，過了一陣子再播放給兒童聽，如此，孩子對自己的聲音將會有全新的感受。

㈣ 訪談

　　訪問別人是培養膽量與表達能力、蒐集資料的方法。在

閱讀成功經驗之後，老師可以指定孩子訪問一些人。例如：閱讀過《老鼠阿修的夢》之後，老師可以請孩子訪問藝術家，談談決定加入藝術工作的經驗。但是有關訪談的內容要事先計畫，訪談的技巧要事先模擬演練才能正式披掛上陣。

(五) 製作宣傳廣告

為吸引讀者的注意，針對某本書、某個活動作個宣傳廣告，是變通的設計。

(六) 自編咒語

許多圖畫書中常出現唸咒語的情節，例如：《祖母的妙法》中，祖母教導膽小的孫子阿力唸咒語「卡啦卡啦，我膽子大，我是高大力，我誰都不怕」，以克服恐懼的心理。此外，《小巫婆的大腳丫》、《巫婆與黑貓》、《忘了咒語的魔術師》等書中，都有唸咒語而改變事物的情節，所以不妨請小朋友幫忙想想咒語，以增加故事的趣味性。

除上述活動之外，對具有讀寫基礎的國小學童而言，亦可以設計寫作、出版、製作書籤、童詩朗誦等活動。

二、邏輯─數學智能的活動

(一) 計算

圖畫書中不免有一些與數字計算有關的內容，例如《門鈴又響了》中，媽媽烤了十二塊餅乾，原本想給二個孩子吃，一人可以吃六塊；沒想到陸陸續續又來了一些孩子，到最後一人只能吃一塊餅乾。像這樣邊講故事還可以邊玩除法遊戲，不是挺有趣的嗎？

（二）分類

分類可以刺激邏輯思維。例如：介紹《豆子》之後，不妨來個豆子分類遊戲。

（三）製作圖表

製作圖表是把資料利用圖解的方式呈現，例如透過《我可以養牠嗎？》一書，可以調查班上小朋友養寵物的情形（圖 7-1）。

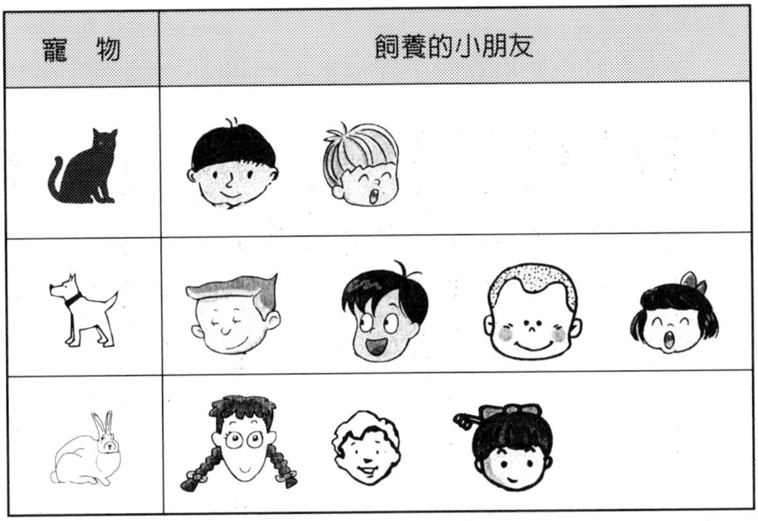

寵　物	飼養的小朋友

◇ 圖 7-1　寵物調查表

（四）測量

圖畫書中舉凡與大小、形狀、重量、容量、距離、速度或運動、溫度，和時間都可以用來作為測量的內容。例如：看過《腳丫子的故事》之後，孩子們可以互相測量腳丫子的長度；聽過《綠豆村的綠豆》之後，不妨來個舀豆子稱重量

大賽。

(五) 排序

排序是指將事物依照邏輯的順序排列。例如：閱讀《如何做一本書》之後，老師可以將製作書的每一道步驟，畫成一張張的圖卡，然後請孩子依時間先後排列。

三、視覺—空間智能的活動

(一) 圖示

圖示包括繪製概念圖、分布圖、剖面圖、流程圖、事物變化圖等。有關概念圖的繪製可參考第八章網狀圖示法的分析與教學。另外，《地底下的動物》一書提供動物剖面分布圖的繪製範例。為了培養科學的態度，對事物變化的過程做個觀察紀錄代表求真的精神，閱讀《月亮先生》後，請孩子每隔幾天觀察月亮的變化，然後畫出月亮圓缺變化圖。

(二) 大富翁

大富翁是一項簡易可行的遊戲，老師只要將圖畫書中的重要概念，繪製成某一關鍵點即可。例如：《血的故事》中，老師可以將重要的問題，如「血液包括哪些成分？」「紅血球的功能有哪些？」「血小板的功能有哪些？」「血液的含量有多少？」等，每跳到關鍵點就必須回答相關問題，回答正確才可以繼續前進。

(三) 紙牌遊戲

當孩子已經認識許多畫家或作家的名稱之後，可以將每個代表性的作家，設計為一張張的圖卡。例如，將艾瑞·卡

爾、李歐・李奧尼、五味太郎、安東尼・布朗、莫里斯・桑
達克等十三位作品，分別取其四樣代表作，做成五十二張紙
牌，和孩子玩紙牌遊戲。

四　尋寶遊戲

　　寶藏圖的設計可以用圖形表示，例如：《今天是什麼日
子？》中，媽媽是透過藏在各角落的圖卡而找到女兒所送的
卡片。因此老師可以仿照此形式，繪製出許多圖案，然後把
這些圖案藏在適當地方，請孩子依據圖案找到所要的東西。

五　視覺迷宮

　　兒歌類圖畫書是設計視覺迷宮的好題材，例如：「聽我
唱個難上難」的兒歌設計成下圖（如圖 7-2），可供小朋友
運用視覺尋找出整首滑稽歌。

聽	我	唱	上	難
面	上	個	難	雞
堆	蛋	鴨	堆	蛋
酒	鴨	蛋	面	上
罈	插	竹	面	曬
酒	面	竿	上	衣
罈	上	竹	竿	裳

◇圖 7-2　視覺迷宮

(六) 製作告示牌

《兔子先生去散步》中，兔子走到每個地方，都可以看到特殊的標誌，提醒牠該注意什麼。像這樣製作告示牌來傳達某個意念，可以將抽象的符號與具體的事物做一聯結。

四、肢體──運作智能的活動

(一) 肢體語言

此種方法是要孩子運用肢體作為表達的媒介。例如：在《好朋友》一書中，可以請孩子以肢體動作表達好朋友在一起所做的事。

(二) 戲劇遊戲

圖畫故事書的情節通常引人入勝，如果孩子可以戲劇演出，對加深內容的理解有莫大的幫助。戲劇演出時，教室內現有的積木、玩具籃子、桌椅等都是現成的道具，要妥善運用才是。

(三) 操作學習

利用黏土、積木、拼貼畫或其他材料來表示複雜的概念。例如：閱讀過《大家來玩黏土》後，來個黏土捏塑；看過《爸爸，你愛我嗎？》之後，不妨提供紙箱，讓孩子運用紙箱來造城堡、做玩具等；欣賞過《小黑魚》之後，利用白蘿蔔、紅蘿蔔、蕃薯等，來作魚拓印畫。此外，繪畫、製作圖畫書、自製角色偶都是操作學習的重要管道。

欣賞過《小黑魚》之後，實施魚拓印畫、水彩畫等都是促進多
元智能發展的變通設計

(四)　體能遊戲

看過《天空在腳下》之後，練習走平衡木；聽過《沒有
聲音的運動會》的故事，大家一起玩搬運遊戲。

(五)　烹飪

《賣元宵的老公公》、《老鼠湯》、《巫婆奶奶》等都
是與烹煮食物有關的書，閱讀之後，大家不妨動手煮湯圓、
什錦湯或下麵條。

五、音樂智能的活動

(一)　歌曲、吟唱、饒舌歌

請孩子把圖畫書中所強調的重點、中心思想、某個概念

的主題編成歌曲唱出，或吟唱，甚或變化成節奏明顯的饒舌歌唱出。例如：《三年坡》書中那段「三年坡上別摔跤，摔了一跤不得了，活呀只能活三年」的唸謠，就非常適合吟唱。

㈡　音樂錄音帶、CD、唱片

一邊欣賞圖畫書，一邊聽音樂，是兼具視覺與聽覺享受的選擇。此時，錄音帶、CD 和唱片便派上用場。《彼得與狼》是少數圖畫書中已有現成錄音帶的作品。小讀者在欣賞圖畫書之餘，何妨聽一段普羅高菲夫的音樂，相信對彼得與小鳥智取野狼的故事更有鮮活的印象。

㈢　音效遊戲

音效可以引發幼兒參與的樂趣，當孩子一邊看《好一個餿主意》，一邊可以製造動物音效；聽完《彼得的口哨》之後，不妨運用身體各部位來練習發聲。

㈣　克難樂器大合奏

當圖畫書非常具有音樂性時，可以來一段樂器大演奏。《好朋友》一書中，公雞咕咕和好朋友老鼠強強及小豬波波叫醒農莊動物的一景，便可以運用克難樂器演奏出一曲「起床號」。

㈤　創作歌曲

對兒童而言，依據圖畫書的內容改編為創意的歌詞，配上現成的曲調，不失為激發創意的方式。

六、人際智能的活動

(一) 同伴分享

分享是多元智能方法中最容易實施的。老師將小朋友分成若干組，彼此相互討論，之後每一組再選擇一位做總結，如此既可以顧及每位發言的時間，又可以達到分享的功能。

(二) 人群雕像

用身體組合成某個想法、概念或其他學習科目。例如：針對《骨頭》來設計，可以讓每一個人代表一塊骨骼來組成骨架的人群雕像。

(三) 合作小組

幾位孩子合作完成某個任務，例如編劇演戲、拼圖、遊戲，都是促進與群體溝通協商、角色取替能力的好機會。

七、內省智能的活動

(一) 談論個人的經驗

將所閱讀的圖畫書內容和自己的經驗作聯繫，例如：在講述《骨頭》內容之後，可能問孩子：「這裡有多少人曾經骨折過？」或者閱讀過《山中舊事》之後，請小朋友回憶生活中的某個時期，來與自己的經驗作聯繫。

(二) 選擇時間

選擇時間是提供孩子學習做決定的機會。圖畫書中與決定有關的書，如《永恆的洋娃娃》中談如何選擇適切的生日禮物；《起床啦！皇帝》談到解決賴床問題的方法。這些都

可以讓小朋友認真思考決定後可能的結果。

(三) 情緒的覺察與調整

　　情緒議題在圖畫書中屢見不鮮，如《派克的小提琴》、《我最討厭你了》、《再見，斑斑！》、《彼得的椅子》、《床底下的怪物》等，不勝枚舉。透過這些書的省思、討論或評量，對情緒的辨認、覺察、表達與調整，有相當大的助益。

(四) 設定目標

　　人因夢想而偉大，許多圖畫書蘊含「人生有夢，築夢踏實」的深意，如《花婆婆》、《老鼠阿修的夢》，透過這些書的引導，孩子可以談談自己未來的志向。

(五) 自我探索

　　自我探索是一輩子追尋的議題，孩子可以透過討論的方式來探索自我的認同，並學習自我覺察、自我接納、自我實現和自我坦露。圖畫書中屬於自我探索方面的書籍繁多，《如果我不是河馬》、《我不知道我是誰》、《神奇變身水》、《小貓玫瑰》、《森林大熊》等，都是值得思考「我是……」、「我缺乏……」、「我會……」、「我希望……」等問題的圖畫書。

肆 ■ 以單本圖畫書為主的 多元智能活動設計

　　上述乃是針對各個智能發展臚列出可行的活動，並沒有考慮到同時運用不同智能活動來教學。然而，若要達到統整教學的目的，Campbell、Campbell 和 Dickinson 建議至少要運用四種智能作為切入點（郭俊賢、陳淑慧，民 87），以下茲以一星期為範疇，每一天針對一種智能來設計配合《小蓮遊莫內花園》一書的學習活動（見下頁表 7-2）。

❦

　　多元智能理論運用在圖畫書活動設計時，若就活動本身來看，與一般活動無異；然而須留意的是老師在運用之時應有統整的觀念，了解每一種智能活動設計的用意在於激發各種感官接收訊息的能力，因此每項活動在實施之時，務必與主題圖畫書環環相扣，切勿流於單一活動的拼湊，徒使孩子見樹不見林。果真如此，則圖畫書不僅僅是書而已，它還是引領成長中的孩子感覺世界豐饒富裕的不二法門呢！

⊘ 表7-2　以單本圖畫書為主的多元智能活動設計

主題書目	小蓮遊莫內花園	出版社	漢聲雜誌
作　　者	克莉絲汀娜·波克	畫　者	林娜·安得生

內容大意：	教學目標：
本書透過愛花小女孩小蓮跟隨鄰居包爺爺到法國遊歷莫內花園的過程，娓娓道出十九世紀法國印象主義派大師莫內的生平事蹟、創作歷程以及作品風格。	1. 了解莫內的生平事蹟及其畫風。 2. 培養敏銳的觀察力。 3. 激發創作的潛能。 4. 鼓勵積極參與藝術活動。

時間 智能	學　習　活　動	教　學　資　源	評　量　依　據
第一天 語文智能	**新聞播報莫內畫展** 以籌畫莫內畫展為宣傳，請小朋友以小記者的身分設計新聞稿，並播報出來。	《莫內：捕捉光與色彩的瞬間》、《非常印象非常美——莫內和他的水蓮世界》	新聞稿的內容播報流暢度
第二天 邏輯— 數學智能	**睡蓮與荷花的差異比較圖** 請小朋友仔細觀察睡蓮與荷花兩者生長方式、葉子形狀、有無蓮蓬蓮子等方面的差異，繪圖記錄之。	睡蓮與荷花的照片、幻燈片	分類、繪圖的正確性
第三天 音樂智能	**音樂欣賞** 讓小朋友一邊欣賞莫內畫作，一邊聆聽「採蓮謠」音樂。	「採蓮謠」錄音帶	融入程度
第四天 視覺— 空間智能	**戶外教學參觀** 學校附近的美術館、博物館、花園、植物園都值得留下足跡。	參觀紀錄表	收集到的資料整理 參觀心得

（續下表）

第五天 肢體—運 作智能	蓮花池寫生活動 請小朋友攜帶水彩用具，到蓮花 池寫生創作，畫出自己獨特的畫 風。	寫生用具	寫生作品
第六天 人際智能	花園造景設計 鼓勵小朋友運用所提供的造景材 料及工具，布置自己理想的花 園。	造景材料及工具，如 花盆、鏟子、花苗、 石頭、磚塊、輪胎、 澆水器	人際互動程度
第七天 內省智能	分享參觀美術館與博物館的經驗 發表自己所曾去過的美術館、博 物館，並說明自己是如何前去， 以及參觀後的心得感想。		分享內容、省思

參考書目

李平譯（民86）。經營多元智慧。台北：遠流。

克莉絲汀娜・波克（民84）。小蓮遊莫內花園。台北：漢聲
雜誌。

邱連煌（民86）。啟發兒童的智能：多元智能理論在教學上
的應用。輯於資優教育教師專業智能研討會——多元智
能與成功智能的理論與實務會議手冊，7-23頁。

張容譯（民84）。莫內：捕捉光與色彩的瞬間。台北：時
報。

郭俊賢、陳淑慧譯（民87）。多元智慧的教與學。台北：遠
流。

喻麗清、章瑛（民87）。非常印象非常美——莫內和他的水
蓮世界。台北：三民。

霍華德・迦納著，莊安棋譯（民87）。7種 IQ。台北：時
報。

思考與討論

一、圖畫書活動設計的目的何在？須把握哪些基本原則？

二、運用活動設計方式來延伸圖畫書的內涵，和純粹講故事的效果有什麼差異？

三、你認為運用多元智能理論來設計圖畫書活動，有什麼好處？

學習活動

一、請運用小組腦力激盪的方式，設計各項智能活動，並說明可資運用的圖畫書（活動方式勿與課本內容重複）。

智 能 領 域	活 動 方 式	可資運用的圖畫書書目
語 言 智 能		
邏輯─數學智能		
音 樂 智 能		
視覺─空間智能		
肢體─運作智能		
人 際 智 能		
內 省 智 能		

二、 請針對某一本圖畫書，設計一個至少涵括四種智能領域的創造性活動。

主題書目		出版社	
作　者		畫　者	
活動對象		活動時間	

內容大意	教學目標

活動過程	時　間	教學資源	評量方式

（續下表）

（承上表）

活動過程	時　間	教學資源	評量方式

第8章

網狀圖示法的分析與教學

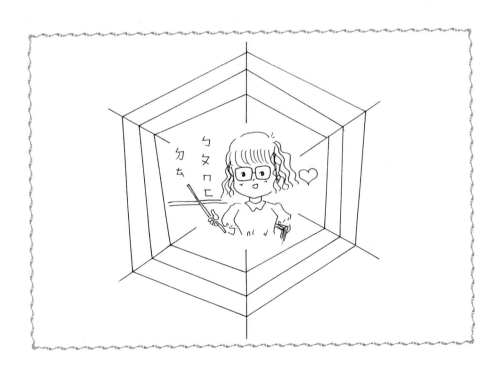

學習目標：

◆了解網狀圖的定義與結構
◆認識網狀圖示法的功能
◆學習應用網狀圖示法於文學課程設計上
◆學習應用網狀圖示法於文學研究上
◆了解繪製網狀圖應注意的事項

網狀圖示法（webbing）是一種運用思考組織學習內容的認知策略。在以「學如何學」做為教學重心之下，網狀圖示法不僅可以做為課程規劃的指引，甚且可以做為一種圖解學習策略。因此，本文期望透過此種圖解策略的介紹，提供教師參考，以便建立一個分享、反應與討論的閱讀環境，並進而提升孩子的閱讀效率與興趣。

壹▪網狀圖的定義與結構

　　網狀圖是指「各種訊息及其相互關係的圖示或視覺化呈現」（Bromley, 1991），詳言之，就是將各種訊息以繪製蜘蛛網方式加以串連的組織圖。網狀圖的基本結構通常是將主要概念置於網的中央，次要概念則置於中央外圍之處，用來代表與主要概念有關的不同訊息。每一個次要概念下可以補充說明許多事實與訊息。概念與概念之間以聯結線相連，代表概念間有意義的關係（圖 8-1）。

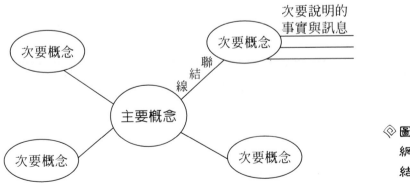

◇ 圖 8-1
網狀圖的基本
結構

網狀圖沒有統一標準的形式，其外形也不局限於蜘蛛網狀。為配合各種圖示的目的與風貌，網狀圖又有語意網（semantic webs）、概念圖（concept maps）、故事圖（story maps）、架構圖（diagrams）等諸多別稱。

貳　網狀圖示法的功能

　　網狀圖示法廣為教學所用，例如 Freedman 和 Reynolds（1988）教導老師如何構圖以幫助學生預測故事情節。Cleland（1981）教導老師運用網狀圖來幫助二年級學生了解故事角色及事件間的關聯性。Norton（1977, 1982）教導修習兒童文學課之大學生運用網狀圖示法來規劃文學活動。此外，網狀圖示法可以促進理解與學習亦證諸許多實徵研究上（Danielson, 1985；Reutzel & Fawson, 1989；Reutzel & Fawson, 1991）。

　　具體而言，網狀圖示法具有下列的功能（Bromley, 1991）：

一、促進理解

　　網狀圖示法可以用來評估孩子的先備知識，促進孩子確立目標，了解新舊知識間的關聯，進而使個人融入學習內容中，使所學更加穩固，更容易記憶，以提升個人的閱讀動機及興趣。

二、促進學習

　　從學習理論的觀點，網狀圖示法是將訊息組織為有意義
且符合邏輯的順序，而以視覺化多樣性結構呈現出來，因此
有利於學習及記憶。當孩子共同繪製網狀圖時，彼此間相互
討論、分析與解釋，無形中促進參與、強化個人信念及增進
知識的吸收。網狀圖示法藉由聽、說、讀、寫來整合語言，
其應用範圍涵蓋科學、社會研究、數學、健康、音樂及生理
教育等各課程領域。

運用網狀圖示法教學，可以加深孩子對圖畫書內容的理解與學習

三、結合讀與寫

　　閱讀與寫作的教學必須是在強調溝通及有意義的過程下
進行。網狀圖示法正好符應此種學習需求，對學齡前的孩子

而言尤其重要。繪製成網狀圖，有賴孩子與老師間充分的討論與溝通，無形間促進口語表達。此外，網狀圖示法提供孩子反應故事的途徑，透過網狀圖，孩子將所讀內容的感覺、想法、詮釋表達出來；甚至在運用故事要素來寫作時，網狀圖可以做為寫作前計畫及組織想法的輔助，也可以做為閱讀後的複習與分享，或做為隨意思考及記錄想法的方式。

四、增進學習樂趣

運用網狀圖可以幫助孩子將所閱讀的內容聚焦並澄清想法，在無形中增進文學的鑑賞能力。由於網狀圖允許孩子反應及分享所讀的內容，因此，孩子有機會從不同的觀點來了解文學並享受文學，其閱讀興趣自然提高。

總之，網狀圖透過圖解的方式來促進理解、促進學習，結合讀與寫的學習過程，並增進孩子的學習樂趣。

參、網狀圖示法在文學課程上的應用

網狀圖示法在文學課程上的應用最主要的目的，是幫助老師以統整的觀念適切地應用兒童文學作品於各種領域的課程設計、各種延伸的概念以及各種文類的閱讀上，茲以下列三種網狀圖說明之。

一、整合課程網

整合課程網是從書籍出發的學科活動設計網，其最主要

的目的是透過不同學科領域的活動，激發閱讀興趣。Donald-son（1984）針對整合課程網曾提出十個建議性的步驟：(1)選擇一本可以應用在許多課程領域的書籍；(2)閱讀整本書；(3)重複閱讀整本書二至三週，並記錄有關某一課程的想法；(4)將這些想法與其他老師做比較；(5)發展主題網；(6)從網狀圖發展特定的課程計畫；(7)朗讀整本書給全班同學聽，每天朗讀一、二章；(8)記錄不同想法的效果，並和其他老師做比較；(9)和學生進行後續的活動；(10)審慎思考下一次所選擇的書籍。以下茲以《老鼠娶新娘》的整合課程網為例（圖 8-2；頁 198）說明之。

二、延伸概念網

延伸概念網是從概念出發的活動設計網，其最主要的目的是將主題、書籍的概念及活動做一聯結。以下茲以「情緒」延伸概念網為例（圖 8-3；頁 199），說明繪製網狀圖的三個步驟：(1)以「情緒」為主題，討論並列出重要概念，如情緒的定義、產生的原因、影響、情緒的覺察、正向情緒的表達、負向情緒的處理；(2)針對每一個情緒概念臚列出相關的書籍名稱；(3)設計與書籍有關的活動，這些活動足以凸顯該書的重點並且適用於多種課程上。

三、閱讀網

閱讀網是從主題出發的參考書目網，其最主要的目的是提供與主題有關的各式各樣書目，促使孩子對某一主題做廣泛性的閱讀。主題的大小須配合教學的需要，沒有特定的限

語言（閱讀／寫作／聽力／思考／口說）語句研究

1. 「誰接到繡球，就可以娶她做新娘。」
2. 「為了女兒的幸福，我一定要找一個比貓還強、全世界最強的女婿。」
3. 「太陽是全世界最強的，沒有太陽，就沒有光明。」
4. 「老鼠雖小、也有別人比不上的本事。」

寫作（團體或個別）

1. 找心目中的強者
2. 老鼠的一天
3. 寫賀帖內容
4. 天生我材必有用
5. 改寫結局

閱讀

1. 朗讀童謠
2. 朗讀內容
3. 預測故事情節
4. 找出類似情即變化的書

體育

1. 童謠帶動唱
2. 拋繡球－抬花轎的動作
3. 跑、躲、爬、滾動作練習

創造性戲劇／演出情景

1. 迎娶新娘的情景
2. 貓捉老鼠
3. 太陽、風、雲、牆的勢力伸展

科學

1. 老鼠的生活習性
2. 貓的生活習性
3. 自然雲氣的變化
4. 太陽、雲、風的功用

數學

1. 老鼠的身長與體重
2. 貓的身長與體重
3. 練習看農民曆、挑選良辰吉日

藝術

1. 幫新娘新郎打扮
2. 布置拋繡球的樓台
3. 布置洞房

健康

1. 研究老鼠與貓的壽命長短
2. 保持情緒平穩，維持心理健康

老鼠娶新娘
（遠流）

社會研究

1. 適婚男女擇偶的標準
2. 台灣嫁娶的習俗
3. 台灣民間傳說
4. 新娘的妝扮
5. 台灣傳統古曆的研究

◎圖 8-2　整合課程網

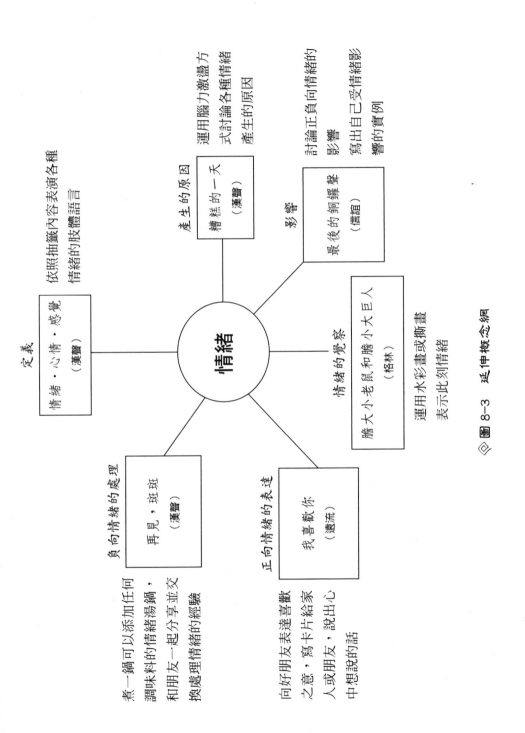

定義

情緒・心情・感覺
（漢聲）

依照抽籤內容表演各種
情緒的肢體語言

產生的原因

糟糕的一天
（漢聲）

運用腦力激盪方
式討論各種情緒
產生的原因

影響

最後的銅鑼擊
（信誼）

討論正負向情緒的
影響
寫出自己受情緒影
響的實例

情緒

負向情緒的處理

再見，斑斑
（漢聲）

煮一鍋可以添加任何
調味料的情緒湯鍋，
和朋友一起分享並交
換處理情緒的經驗

正向情緒的表達

我喜歡你
（遠流）

向好朋友表達喜歡
之意，寫卡片給家
人或朋友，說出心
中想說的話

情緒的覺察

膽大小老鼠和膽小大巨人
（格林）

運用水彩畫或撕畫
表示此刻情緒

⊙圖 8-3　延伸概念網

制。由於一般孩子在閱讀上會有偏好某種文類的現象，為了彌補此種缺憾且為了做更深入的研究，閱讀網所提供的書目如果能涵蓋各種不同文類更好。以下茲以「老鼠」（圖8-4）為主題說明閱讀網的繪製。首先，將所選定的主題置於網狀圖的中央，其後列出相關的書目，並運用某些圖形或記號區分各類書籍。

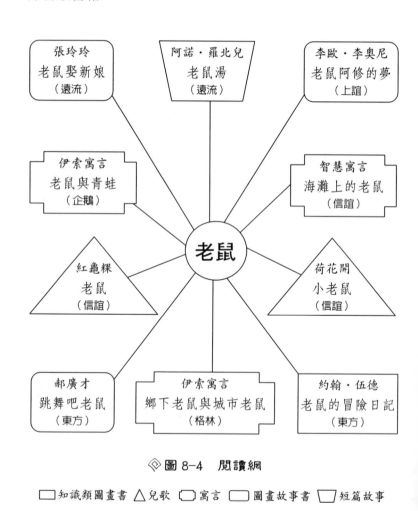

張玲玲
老鼠娶新娘
（遠流）

阿諾・羅北兒
老鼠湯
（遠流）

李歐・李奧尼
老鼠阿修的夢
（上誼）

伊索寓言
老鼠與青蛙
（企鵝）

智慧寓言
海灘上的老鼠
（信誼）

老鼠

紅龜粿
老鼠
（信誼）

荷花開
小老鼠
（信誼）

郝廣才
跳舞吧老鼠
（東方）

伊索寓言
鄉下老鼠與城市老鼠
（格林）

約翰・伍德
老鼠的冒險日記
（東方）

◈ 圖 8-4　閱讀網

□知識類圖書書　△兒歌　◯寓言　□圖畫故事書　▱短篇故事

肆▪網狀圖示法在文學研究上的應用

在文學研究上,不同的網狀圖示法,其外形、適用的書籍、功能及繪製方式各有不同,沒有一定的標準可循,端看使用者如何運用及詮釋,茲分述如下:

一、文學要素網

文學要素網適用於注重情節發展的故事書,無論是寫實故事(生活故事、歷史故事、科學故事)或虛構故事(童話、神話、寓言、民間故事)皆適宜。繪製文學要素網的最終目的在培養孩子理解故事及架構故事的能力。繪製的方式是以某一本童書為主,分析該書的敘說觀點、角色、背景、主題與情節等。文學要素網在說故事前、後各有其功能。在老師說故事前,可以當作簡介故事的序曲;在說故事後,可做為組織故事概念或評估孩子理解程度的利器(圖 8-5)。

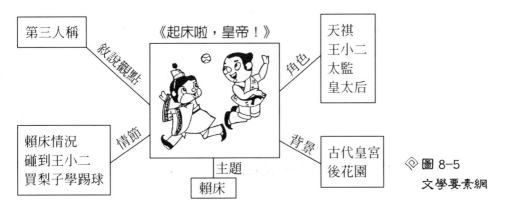

圖 8-5
文學要素網

二、情節網

　　情節是作者有意識安排而組成的「敘事體系」（蔡尚志，民81）。情節的設計包括事件的發生、發展和結果，故事精采與否和情節的安排息息相關。因此，情節網最主要的目的是培養孩子理解故事發展的能力（圖8-6）。

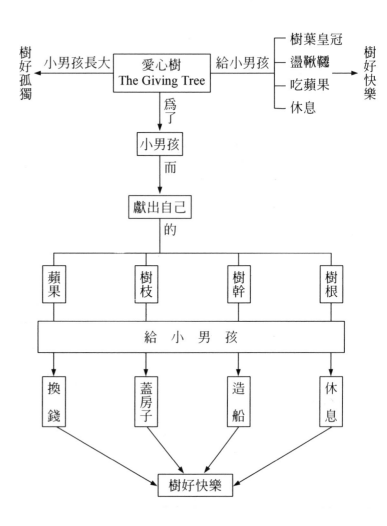

◎ 圖 8-6
　 情節網

三、順序網

順序網屬於情節網的一種，而特別適用在預測性圖書
（predictable books）（參見第二章）。繪製的方式是依照故
事發生的先後順序排列，然後以箭頭表示下一個發生的現象
或結果（圖 8-7）。

◎圖 8-7
順序網

四、角色網

角色網適用在人物特質鮮明的童書。角色網可以讓孩子
抓緊角色的特質，培養描寫人物的能力。繪製的方式是以某
一童書中的角色為主，將足以描寫該角色的形容詞列於四
周，並且舉出書中的具體實例以為佐證（圖 8-8）。

在鄉下很孤單
一個人睡覺、吃早餐、餵雞
洗馬、買麵包、曬衣服
粉刷椅子、吃晚飯、洗碗盤

有一些怪習慣
不按照位置坐
喝湯唏哩呼嚕
用手擤鼻涕
早起，在房間走來走去
打呵欠，不用手遮住嘴巴

喜歡自己動手做
修理水龍頭
修剪薔薇
修理玩具

爺爺
《我最喜歡爺爺》
（漢聲）

不能適應城市生活
無聊直打呵欠
不愛看電視看報紙
不搭電梯走樓梯
不愛在超級市場買東西
不愛說話、胃口差

疼愛孫子
會講故事給孫子聽
會幫忙修理玩具
過馬路會緊緊拉著孫子的手
會送玩具給孫子

圖 8-8
角色網

奶奶生前，與她相依為命
兩個人一起睡覺、吃飯、工作

五、比較網

比較網可以是兩本書、兩個角色或兩種現象的比較，其功能是培養孩子比較（兩本書、兩個角色等）分析的能力。繪製的方式可以將兩本書（角色或現象）分別列於兩旁，然後中間列出比較點，其後在於比較點的兩端箭頭上方，寫上彼此的相異處（圖 8-9）。

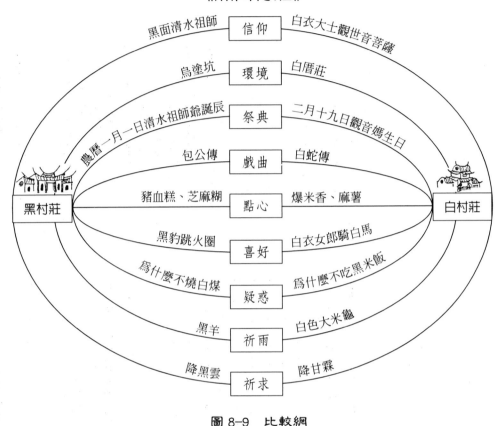

《黑白村莊》

| 黑村莊 | | 白村莊 |

黑面清水祖師 —— 信仰 —— 白衣大士觀世音菩薩

烏塗坑 —— 環境 —— 白厝莊

農曆一月一日清水祖師爺誕辰 —— 祭典 —— 二月十九日觀音媽生日

包公傳 —— 戲曲 —— 白蛇傳

豬血糕、芝麻糊 —— 點心 —— 爆米香、麻薯

黑豹跳火圈 —— 喜好 —— 白衣女郎騎白馬

為什麼不燒白煤 —— 疑惑 —— 為什麼不吃黑米飯

黑羊 —— 祈雨 —— 白色大米龜

降黑雲 —— 祈求 —— 降甘霖

圖 8-9 比較網

六、概念網

　　有關自然科學類的圖書，最適合運用概念網來分析。分析時，將該書的書名置於核心，然後於核心四周列出幾個重點，再針對這些重點描述細節。一旦孩子可以透過心象畫出概念網，便可以看出閱讀的扎實度（圖 8-10）。

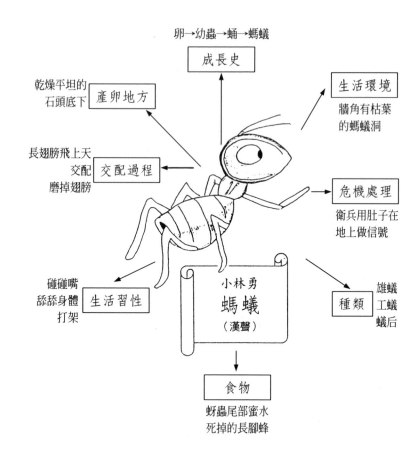

卵→幼蟲→蛹→螞蟻

成長史

生活環境
牆角有枯葉
的螞蟻洞

乾燥平坦的
石頭底下　　產卵地方

長翅膀飛上天
交配　　　交配過程
磨掉翅膀

危機處理
衛兵用肚子在
地上做信號

小林勇
螞蟻
（漢聲）

碰碰嘴
舔舔身體　　生活習性
打架

種類　雄蟻
工蟻
蟻后

食物

蚜蟲尾部蜜水
死掉的長腳蜂

◈ 圖 8-10
概念網

七、修辭網

　　許多童書的詞藻優美，對初學閱讀的新手而言，詞句的
理解無疑是建立閱讀的基本條件。修辭網不僅可以豐富語
彙，更可以培養造句及舉例的能力，適用於基礎寫作者（圖
8-11）。

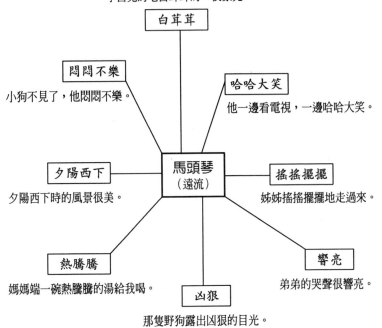

小白兔的毛白茸茸的，很漂亮。

白茸茸

悶悶不樂

小狗不見了，他悶悶不樂。

哈哈大笑

他一邊看電視，一邊哈哈大笑。

夕陽西下

夕陽西下時的風景很美。

馬頭琴
（遠流）

搖搖擺擺

姊姊搖搖擺擺地走過來。

熱騰騰

媽媽端一碗熱騰騰的湯給我喝。

凶狠

那隻野狗露出凶狠的目光。

響亮

弟弟的哭聲很響亮。

◎ 圖 8-11
　修辭網

伍▪繪製網狀圖應注意的事項

上述多種網狀圖在繪製時應注意下列幾個事項：

一、網狀圖的核心，不論是某一主題、某一本書或某一概念
　　的選定，宜配合教學的需要，以做為擴充思考的觸角。

二、網狀圖的次要概念宜透過師生共同討論後完成。

三、次要概念宜選擇明確、具有區別性的概念，以免重疊混
　　淆，造成構圖上的困擾。

四、網狀圖上的用語宜簡潔明瞭，不宜使用長串語句或段落
　　來描述概念。

兒童語文學習並非只是辨認、記誦、片段的口語練習，或灌輸文字知識，在今日諸多兒童語文學習理論蓬勃興起之下，網狀圖示法充分反映出這些語言學習理論的特質，具體而言，它是一種強調有意義、功能性、多樣性、民主性、自主性、個別性及整合性的語文學習策略，對學習者的思想、情感及行動，具有創造、批判與反思的激勵作用。值此圖畫書的出版日益蓬勃發展之際，由衷期待藉由網狀圖示法的分析與教學，激發孩子閱讀的興趣、提升語文學習的品質，從而使文學生活化，生活文學化。

註

本文部分內容曾刊登於屏東科技大學生活應用科技學刊，第二卷第一期（民 89），1~14 頁。

參考書目

蔡尙志（民81）。兒童故事寫作研究。台北：五南。

Bromley, K. D. (1991). *Webbing with Literature: Creating story maps with child's books.* Massachusetts: Allyn and Bromley.

Cleland, C. J. (1981). Highlighting issues in children's literature through semantic webbing. *The Reading Teacher, 34,* 642-645.

Danielson, K. E. (1985). *Webbing: An outlining strategy.* Paper presented at the Annual Meeting of the Conference. (ERIC Document Reproduction Service No. ED 262 385).

Donaldson, J. (1984). Bookwebbing across the curriculum. *Reading Teacher, 37(4),* 435-437.

Norton, D. E. (1977). A web of interest. *Language Arts, 54,* 928-932.

Norton, D. E. (1982). Using a webbing process to develop children's literature units. *Language Arts, 59,* 348-356.

Freedman, G. & Reynolds, E.G. (1980). Enriching basal reader lesson with semantic webbing. *The Reading Teacher, 33,* 677-684.

Reutzel, D. R., & Fawson, P. (1980). Using a literature webbing strategy lesson with predictable books. *The Reading Teacher, 43,* 208-215.

Reutzel, D. R., & Fawson, P. (1991). Literature webbing predictable books:A prediction strategy that helps below-average, first-grade readers. *Reading Research and Instruction, 30(4)*, 20-29.

思考與討論

一、何謂網狀圖？典型網狀圖的結構如何？

二、網狀圖示法對學習方面有何助益？

三、繪製整合課程網在教學上有何助益？

四、順序網與情節網在繪製的內容上有何差異？

五、比較網適用於比較童書的哪些方面？

學習活動

一、請設計一份《好餓的毛毛蟲》的整合課程網。

二、請以「自我概念」為中心，設計一份延伸概念網。

三、請以某一種動物為主，設計一份閱讀網。

四、請繪製某一本圖畫故事書的文學要素網。

五、請繪製某一本預測性圖畫書的順序網。

六、請繪製兩本書、兩個插畫家或兩個角色的比較網。

七、請繪製某一本自然科學圖畫書的概念網。

第9章

如何選擇圖畫書

學習目標：

◆了解不同身心發展階段孩子的選書建議

◆認識中外圖畫書獎項

◆了解國內提供書評的單位及網站

◆學習運用評鑑指引挑選優良圖畫書

當琳琅滿目的圖畫書陳列在架上時，父母們的購買慾往往被激發出來，然而在決定購買哪一本書時，卻著實地讓父母們舉棋不定，一方面怕孩子不想看，二方面怕金錢的浪費，所以如何選擇適合孩子閱讀的圖畫書可說是父母必學的課題。以下列出選擇圖畫書的重要考慮點，父母們如果能切實依據這些原則選書，相信一定能挑選出切合孩子需要，而又讓孩子不忍釋手的圖畫書。

壹▪考慮孩子的身心發展

　　圖畫書最主要的閱讀對象是孩子，因此當父母在為孩子選書時，首先應考慮孩子本身的身心發展需求。不同階段的孩子，其身體與動作發展、認知與智力發展、語言發展、情緒、人格與社會發展均不同，自然在閱讀的偏好及需求上有所區別。下表（表 9-1）除扼要介紹各年齡階段的發展特徵外，並列出選書建議及參考書單，以提供父母們參考。

◎ 表 9-1　不同年齡階段孩子的選書建議

發展領域	發 展 特 徵	選 書 建 議	參 考 書 單
0-2歲			
身體與動作發展	• 感官迅速發展，運用五官探索、操作與學習 • 對有節奏的聲音特別有反應 • 強烈對比的顏色及形狀有助於視覺發展	運用五官操弄遊戲的玩具書 節奏輕快的兒歌、搖籃曲 色彩明亮而豐富的圖畫	「小波學習系列」 《手指遊戲動動兒歌》 《張開大嘴呱呱呱》
認知與智力發展	• 專注力短暫 • 學習基本概念	內容簡短，可一次看完的書 可學習形狀、顏色、大小等概念書	《棕色的熊、棕色的熊，你在看什麼？》 《毛絨絨的小鴨子》
語言發展	• 喜歡運用聲音玩遊戲 • 開始學習基本語彙及語法，建立語言基礎	兒歌或可以玩音效遊戲的書 可促進親子對話溝通的內容	《荷花開·蟲蟲飛》
情緒、人格與社會發展	• 建立對人的基本信任感 • 經驗有限，興趣集中在自己及熟悉的人事物 • 學習自理與自助的能力	可以獲得愛與情感的生活故事 有關熟悉人事物的內容 有關常規及生活習慣的故事	《逃家小兔》 《阿文的小毯子》 《幼幼小書》
3-5歲			
身體與動作發展	• 手眼協調、小肌肉協調有很大的進步	各式各樣的玩具書	《翻轉拉跳立體玩具書》
認知與智力發展	• 專注力短暫而非常好動 • 透過第一手經驗建立概念 • 略有時間概念 • 對世界充滿好奇心 • 透過想像遊戲來學習 • 視萬物皆有生命	內容簡短，可一次看完及參與命名、指認、唱歌、尋找的書籍 強化概念的書 了解時間順序的書 有關日常生活經驗、寵物、有趣事物、家庭及周遭人物的書 可以玩想像遊戲的書 書中角色擬人化	《小豬在哪裡》、《小金魚逃走了》 《圓圓國和方方國》 《好餓的毛毛蟲》 《媽媽，買綠豆》 《喬治與瑪莎》 《小真的長頭髮》 《月亮，生日快樂》

（續下表）

語言發展	• 語言發展迅速	兒歌、預測性圖畫書、無字圖畫書或簡短的故事	《小胖小》、《如果你給老鼠吃餅乾》
情緒、人格與社會發展	• 以自我爲中心	主角人物易於認同，且只看到單一觀點	《瑪德琳》
	• 尋求溫暖、安全的人際關係	使人感到安全感的故事，床邊故事時間及其他朗讀習慣，提供正向的文學經驗	《猜猜我有多愛你》
	• 學習獨立自主，從成就中獲得滿足喜悅	反映情緒、角色積極進取的書	《第一次上街買東西》
	• 對事情的對錯，有絕對的判斷	期待壞行爲受到懲罰，好行爲受到獎勵，要求絕對的正義及快樂的結局	《三隻山羊嘎啦嘎啦》
	• 對未知的事物產生恐懼	探討恐懼情緒的書（怕黑、想像恐懼等）	《床底下的怪物》
	• 開始發展社會技巧	學習與人溝通，發展社交技巧的書	《誰要我幫忙》
	• 對同儕團體產生依附的需求	尋求促進友伴關係發展的書	《彩虹魚》
6-8歲			
身體與動作發展	• 身體外型改變；恆齒長出；學習吹口哨或其他卓越的動作技能	有益於自己接受身體變化及個別差異的書	《我從哪裡來？》
認知與智力發展	• 專注力增加	有完整情節內容的短篇故事或長篇故事	《老鼠湯》
	• 模糊的時間概念	可以學習時間概念的故事	《小房子》
	• 能分辨眞實與想像的世界	喜歡幻想或用偶演出戲劇	《老鼠娶新娘》
	• 透過直接經驗學習	運用知識書來拓展經驗	《人》
	• 對自我世界仍感興趣，但對更大範圍的事物感到好奇，仍以自我觀點看待世界	需要各式各樣的書，尤其是描述外在世界的書	《搬到另一個國家》
語言發展	• 語言能力持續發展，說、讀、寫能力增加	適合朗讀或說故事的書	《爲什麼，爲什麼不》
情緒、人格與社會發展	• 努力完成大人的期望	運用熟悉的故事或預測性故事提供成功的閱讀經驗	《三隻小豬的眞實故事》
	• 開始發展對別人的關懷與了解	提供體驗愛人、同理及推己及人的書	《威威找記憶》

（續下表）

	• 正義感增強；力求行為符合外在的標準	提供討論是非對錯的書	《爭鹿》
	• 繼續追求獨立性與主動性	需要自我選擇、責任感及成功冒險的故事	《小貓玫瑰》、《三隻小熊》
	• 開始發展幽默感	喜歡有驚奇結局的故事或笑話	《臭起司小子爆笑故事大集合》
	• 需要家的溫暖與安全	喜歡描述各種家庭生活型態的書	《媽媽的紅沙發》
	• 發展友伴關係	喜歡描述朋友間互動狀況的書	《青蛙和蟾蜍》
	• 對性別差異產生好奇	喜歡描述兩性角色差異的書	《威廉的洋娃娃》
9-12 歲			
身體與動作發展	• 身體迅速發展；女孩發展速度比男孩早兩年	提供可以了解發展過程及解決個人問題的書	《精采過一生》
認知與智力發展	• 發展時間與空間概念	對自傳、過去生活或未來生活的書感到有興趣或不同區域的書	《玄奘》、《金字塔，古埃及的歷史和科學》
	• 建立邏輯、推理、思考、判斷	提供價值澄清或分析思考的書	《最後一片葉子》、《愛心樹》、《失落的一角》
	• 判斷事情對錯，更有彈性	提供看到不同觀點的書	《小紅》、《月亮忘記了》
語言發展	• 對文學的興趣濃厚，閱讀能力迅速增強，具有自行閱讀的能力	發現閱讀是件有趣的事，喜歡不被打擾的閱讀時段	
情緒、人格與社會發展	• 考驗自我的能力，希求完全獨立的時間	喜歡獨立生活及為生存奮鬥的故事	《恐龍夢幻國》
	• 對未知的事物及可預測的危險有恐懼感	提供有關生命話題的書，如生命緣起、生病與死亡	《星星還沒出來的夜晚》、《安安—和白血病作戰的男孩》、《當風吹來的時候》
	• 發展出行為的對錯標準，開始考慮他人的觀點，重視歸屬感	需要有討論與分享圖書以獲得團體認可的機會	《惡霸遊戲》
	• 接受並認同性別差異及社會期望	提供性別角色認同的書或可以討論角色刻板印象的書	《頑皮公主不出嫁》、《朱家故事》

（續下表）

• 逐漸脫離自我中心，學習由不同觀點看問題	提供可以看到不同觀點的書	《紙牌王國》
• 挑戰父母的權威、品評手足的舉止	提供可以深思家人關係變化的書	《阿吉大鬧廚房》、《好事成雙》
• 開始關心社會，建立世界觀	探討世界重要議題的書，如戰爭、環保及家庭變遷、種族平等	《親愛的聖誕老公公——今年不要來》、《種樹的男人》、《不要地雷，只要花》
• 關心未來的生涯發展	各行各業傑出人士的傳記	《醜小鴨變天鵝——童話大師安徒生》、《雪花人》

貳 ▪ 配合孩子的興趣需要

　　父母在為孩子選書時，除了考慮孩子的發展外，也需要配合孩子的興趣，因為唯有孩子閱讀他所喜歡的書，他才能夠保持濃厚的興趣，主動閱讀，持續閱讀。至於，怎樣才能看出孩子的興趣所在？孩子的興趣通常可以從他的休閒活動、專長、寵物、喜歡科目，以及所喜歡看的書、電視節目等方面看出來，以下提供一份開放式興趣調查問卷（表9-2），做為父母了解孩子興趣所在的參考：

1. 平常你最常從事哪一種休閒活動？＿＿＿＿＿＿＿＿＿＿＿＿＿＿＿＿

2. 你有什麼專長？＿＿＿＿＿＿＿＿＿＿＿＿＿＿＿＿＿＿＿＿＿＿＿＿＿

3. 在學校，你最喜歡的科目是什麼？＿＿＿＿＿＿＿＿＿＿＿＿＿＿＿＿＿

4. 你有寵物嗎？如果有，是什麼？＿＿＿＿＿＿＿＿＿＿＿＿＿＿＿＿＿＿

5. 在你自己所聽過或讀過的書中，你最喜歡哪一本？＿＿＿＿＿＿＿＿＿＿

6. 在你所看過的書中，你喜歡哪幾類？（請打勾，可複選）

　　□童　　詩　　　　　　　　□兒　　歌

　　□謎　　語　　　　　　　　□笑　　話

　　□生活故事　　　　　　　　□歷史故事

　　□科學故事　　　　　　　　□童話故事

　　□神　　話　　　　　　　　□民間故事

　　□寓　　言　　　　　　　　□小　　說

　　□遊　　記　　　　　　　　□傳　　記

　　□劇　　本　　　　　　　　□其　　他

7. 你喜歡自行閱讀或者聽別人朗讀故事給你聽？＿＿＿＿＿＿＿＿＿＿＿＿

8. 列出本週你所讀過的書？＿＿＿＿＿＿＿＿＿＿＿＿＿＿＿＿＿＿＿＿＿

9. 寫出你最喜歡的作家及其作品？＿＿＿＿＿＿＿＿＿＿＿＿＿＿＿＿＿＿

10. 你去過圖書館嗎？＿＿＿＿＿＿，如果去過，多久去一次？＿＿＿＿＿＿＿

11. 你有借書證嗎？＿＿＿＿＿＿，你每隔幾天從圖書館借書回家看？＿＿＿＿＿

（續下表）

12. 你喜歡看哪一類電視節目？（請打勾，可複選）

　　□連續劇　　　　　　□卡通

　　□運動比賽　　　　　□紀錄片

　　□動物節目　　　　　□音樂節目

　　□馬戲團或魔術表演　□綜藝節目

　　□勵志節目　　　　　□專題討論節目

　　□自然科學節目　　　□偵探節目

　　□新聞　　　　　　　□其他

13. 你喜歡哪些電視節目？＿＿＿＿＿＿＿＿＿＿＿＿＿

14. 你喜歡哪些新聞人物或電視明星？＿＿＿＿＿＿＿＿

15. 在這一生中，你最想做的一件事是什麼？＿＿＿＿＿＿

參‧參考圖畫書獎項

　　得獎的圖畫書是深受專業人士肯定的好書，也是品質的保證。因此父母在為孩子選擇圖畫書時，不妨參考這個指標，以確保選擇出優質好書。以下將介紹世界圖畫書大獎及國內圖畫書重要獎項，以供父母們參考。

一、歐美圖畫書大獎

(一) 美國凱迪克大獎（The Caldecott Medal）

美國凱迪克大獎

凱迪克大獎為美國最具權威的兒童圖畫書獎項，成立於 1938 年，是為了紀念十九世紀英國最傑出的圖畫書插畫家倫道夫·凱迪克（Randolph Caldecott, 1846~1886）。該獎項是由教育學者、圖書館員和專業人士組成評審委員會評審，獲獎的圖畫書將可在封面貼上印有「騎馬的約翰」圖樣的金牌或銀牌獎章。由於該獎項評選標準相當周延，而且得獎的作品都具有濃厚的藝術價值、特殊創意以及寓教於樂的功能，因此在圖畫書界具有崇高的地位。

(二) 英國格林威大獎（The Kate Greenaway Medal）

英國格林威大獎

格林威大獎是英國兒童圖畫書的最高獎項，成立於 1955 年。此獎的設立是為了紀念十九世紀偉大的兒童插畫家凱特·格林威女士（Kate Greenaway），其目的在拔擢優秀的插畫藝術家，同時提升圖畫書的藝術水準。目前「格林威獎」設有「年度最傑出的兒童插畫家」、「最佳推薦獎」及「榮譽獎」，這些獎項每年由主辦的英國圖書館協會及圖書館協會成員所組成的選舉委員會評選出來。由於該獎項對參賽者無國籍限制，近年來得獎人以外國人居多，因此除鼓勵英國本土的創作人才之外，更朝向圖畫書國際性的目標前進。

(三) 德國繪本大獎（Deutscher Bilderbuchpreis）

德國繪本大獎

德國繪本大獎是德國自 1956 年以來，唯一定期頒發的國家文學獎。參賽者以歐陸德語系國家為主，包括德國、奧地利、瑞士。該獎項由德國兒童文學界最具影響力的團體「德

國青年文學協會」評選，並請一位小朋友參與評審，今日兒童文學創作者莫不以得到「德國繪本大獎」爲努力追求的目標，也因此「德國繪本大獎」成爲家長和教育工作者心中的品質保證。

(四) 波隆那國際兒童書展最佳選書（Critici in Erba Prize）

波隆那國際兒童書展是全世界最重要的兒童書插畫展之一，也是出版社、代理商、插畫家們相互交流的重要機會。在評審團精挑細選下，每年入選的作品代表該年度最優秀的插畫作品，其創意、卓越與巧思，讓世人了解現階段的畫風與走向。因此從 1967 年創辦以來，波隆那國際兒童書展已成爲全球童書出版界的「指標畫展」。

波隆那國際兒童
書展最佳選書

(五) 布拉迪斯國際插畫雙年展大獎（Bratislava Grand Prix）

布拉迪斯國際插畫雙年展（英文簡稱 BIB）是世界上最重要的插畫展之一，由聯合國教科文組織（UNESCO）贊助，1965 年促成此展。此後每兩年舉辦一次，是專爲兒童、青少年舉辦的國際性圖畫書原畫展。參展作品皆須經過 BIB 會員國國內的文化單位推薦，及評審團的評審。每屆選出首獎一名、金蘋果獎四名、銀輝獎五名、榮譽獎四名。插畫家們以獲得這個獎項爲榮，一旦得獎便代表獲得世界的肯定。

布拉迪斯國際插
畫雙年展大獎

(六) 國際安徒生獎（Hans Christian Andersen Awards）

有「兒童文學諾貝爾獎」之稱的國際安徒生獎，於1956 年由國際少年圖書委員會（International Board on Books for Yo-ung People, IBBY）設立，每兩年頒發一次。原本只頒發給一位作家，1966 年起又增加插畫家一位。此獎項與其他獎項最大的不同是，其他獎項是以一位作家或插畫家的一部作品而

國際安徒生獎

得獎，而安徒生獎是以作家（畫家）在兒童文學上的總成績和貢獻做為得獎的條件，更重要的是，該獎項沒有國籍及種族的限制，因此可說是個人的成就獎，也是推動兒童文學工作的貢獻獎。

二、華文圖畫書重要獎項

㈠ 信誼幼兒文學獎

信誼幼兒文學獎成立於 1987 年，成立的宗旨在於獎勵原創幼兒文學的創作及培育幼兒文學創作人才，提升幼兒文學的創作品質及欣賞水準。比賽的獎項歷年不一，以 2014 年第 27 屆信誼幼兒文學獎為例，獎項包括圖畫書創作獎及圖畫書文字創作獎。兩個獎項的參賽作品皆須適合八歲以下的幼兒閱讀，並以華文創作。評選工作的進行分為初選及決選二階段，並邀請兒童讀物的編輯、心理學家、美術教育家、語文學家等不同領域的專業人員擔任評選委員。此獎的設立對帶動圖畫書的創作風氣，提升國內圖畫書的創作品質及欣賞品味，功不可沒。

㈡ 豐子愷兒童圖畫書獎

豐子愷兒童圖畫書獎於 2008 年香港舉辦的「第一屆豐子愷兒童圖畫書獎發佈會暨兒童圖畫書國際論壇」中正式成立。此獎每兩年舉辦一次，成立的宗旨在於表彰作家、畫家創作優質華文兒童圖畫書；鼓勵出版社出版原創兒童圖畫書；促進公眾重視原創兒童圖畫書及其閱讀。比賽的獎項分為「最佳兒童圖畫書獎」及「評審推薦創作獎」。參賽作品須以華文創作，主題與內容不限，唯須適合 3～12 歲兒童讀

者閱讀。豐子愷兒童圖畫書獎成立不到幾年的時間，已經獲得中、港、台、美兩岸三地的兒童文學家、教育家、圖畫書業界與社會大眾的支持與鼓勵，對於推動華文兒童圖畫書的發展與交流，成效斐然，堪稱第一個國際級的華文兒童圖畫書獎。

由於國外的圖畫書發展較早，因此目前的世界圖畫書獎項有較濃厚的「成就獎」、「傑出貢獻獎」的意味；反觀華文地區的重要獎項，則是「發掘獎」的意味較為濃厚，此點亦證明華文圖畫書創作生態仍未成熟，在培育圖畫書作家及插畫家方面仍須奮起直追。

肆 ▪ 參閱書評與網站

國內有許多報紙定期提供最新的書評書目供家長選書參考，例如中國時報的開卷周報、聯合報讀書人周報、民生報「好書大家讀」；此外，更有許多網站可供查詢，以下列舉國內幾個圖畫書資料較為豐富的網站：

一、兒童文化館

「兒童文化館」網站係文化部前身行政院文化建設委員會於 1999 年建置。此網站是以提升兒童閱讀興趣為目標的兒童線上閱讀園地。長期以來，累積了許多繪本閱讀素材，這

些素材經由創意與互動的設計，鼓勵兒童親近閱讀、喜愛閱讀，並培養閱讀的熱情。

二、繪本棒棒堂

「繪本棒棒堂」是國內唯一一本專業圖畫書雜誌，由台灣國立台東大學以及財團法人兒童文化藝術基金會所共同出版。每年 3、6、9、12 月 15 日出刊，20 日前寄送。內容以圖畫書的介紹、評論、賞析以及相關活動為主。

三、小人兒書舖（http://www.ylib.com/children_kids/）

「小人兒書舖」為遠流出版公司的網站。網站內容包括活動消息、小書舖成績單、認識作家、沒大沒小以及兒童文學或心理專家討論孩子相關話題的談話角落。

四、花婆婆繪本館（http://www.3-3edu.com.tw/store.htm）

「花婆婆繪本館」屬於三之三國際文教機構的網站。內容以介紹三之三出版社所出版的圖畫書，包括得獎好書、生命教育、創思教育、品格教育、情緒教育、生活教育以及年度好書等。

五、 咕嚕熊共讀網（http://www.gurubear.com.tw/）

「咕嚕熊共讀網」是格林文化出版公司結合數位內容展示與服務的平台。該網站特別針對 3～12 歲兒童、繪本愛好者、父母及師長所設計，提供動感繪本、翻頁書及英語互動繪本等優質內容，此外還有親子育樂主題的精彩大熊專欄、

繪本百寶箱、線上討論區等內容，是一個互動、趣味、創意、分享的社群平台。

伍 ▪ 審慎評鑑圖畫書

　　圖畫書品質的好壞，可以從版式、內容、插畫等三方面來考慮。以下茲以表9-3說明之：

◎ 表9-3　圖畫書評鑑要點

一、版式方面

　1. 版面編排
　　封面、蝴蝶頁、扉頁設計是否勻稱引人？
　　是否彰顯主題內容？
　　文、圖、章節標題是否和諧搭配？
　　空間配置是否恰當？
　2. 字體
　　字體大小是否恰到好處，不影響視力？
　　字體是否以正體字為主，不造成閱讀困擾？
　3. 紙張
　　紙張是否不易反光？
　4. 紙質
　　紙質是否堅韌，不易破損？
　5. 墨色
　　油墨濃度是否恰到好處，不過淡或過濃？
　　色彩是否調和引人？

（續下表）

（承上表）

6.裝訂

　　裝訂是否牢固，不脫頁掉落？

二、內容方面

1. 文辭

　　行文是否流暢？

　　用字遣辭是否難易適中？

　　句法是否正確？

　　語意是否清楚？

　　詞彙是否豐富而有變化？

　　是否避免性別、種族等刻板印象？

2. 主題

　　是否闡揚人性的光明面？

　　是否傳遞正確的價值觀？

　　是否正確示範解決問題的方法？

3. 處理技巧

　　文字分量是否恰當，不過少亦不過多？

　　情節安排是否具有連貫性？

　　內容是否適合孩子的理解程度？

　　彰顯主題時，是否避免教訓意味？

　　角色刻畫是否善用對話手法？

　　背景是否符合內容需要？

　　情節、角色、主題與背景是否一致，不互相矛盾？

（續下表）

（承上表）

三、插畫方面
1. 主題掌握 　插畫是否與內容相呼應？ 　插畫是否能延伸內容的意涵？ 2. 構圖 　畫面是否和諧具創意？ 　色彩是否調和？ 　筆觸是否自然而富有生命力？ 　比例是否掌握得恰恰好？ 　是否表現出豐富的質感？ 　人物配置是否安排得當？ 3. 表現手法 　表現手法是否配合圖畫書的題材、內容與讀者？ 　使用的媒材是否能烘托故事的氣氛？ 　所運用的線條、形狀及色彩是否能延伸故事意涵？

　　上述圖畫書評鑑要點可做為父母們的選書參考。父母們在為孩子選書前，不妨先回答上列問題，如果這些回答都是肯定的，那就表示這本書具有相當高的品質。當然，需要注意的一點是，並非每個問題都適合用來評鑑任何類別的圖畫書，父母們買書前務必三思而後行。

思考與討論

一、為孩子挑選合適的圖畫書,為什麼要考慮孩子的身心發展?這樣的考慮會不會變成父母價值觀的選擇結果?

二、孩子的興趣會影響他所喜愛的書籍,請舉實例說明之。

三、請比較中外圖畫書獎項,說明兩者間的異同。

四、你覺得一般父母在為孩子挑選圖畫書時,大都是依據什麼原則?為什麼?這樣的結果有什麼利弊得失?

學習活動

一、請以一位幼兒為主，分析該幼兒的身心發展與興趣，據此推薦一本合適的
圖畫書，並載明理由。

幼兒姓名			性別		年齡	
身心發展	身體與動作發展					
	認知與智力發展					
	語言發展					
	情緒、人格與社會發展					
興　　趣						
推薦的圖畫書						
推薦理由						

二、請從報章雜誌或網路上查閱一篇優良圖畫書簡介，並實際翻閱該書，寫下你的感動、興奮、疑惑或憂慮等讀後心情。

三、請收集三本獲得同一獎項的圖畫書，寫出每本書的特色，並說明你自己的評價。

獎項：		
書籍名稱（出版社）	特　　色	評　　價
1.		
2.		
3.		

四、好東西要和好朋友分享，請推薦一本你覺得值得欣賞的圖畫書，並寫出導讀短文。

推薦圖畫書：

圖畫書參考書目

一劃

書　　名	作　　者	畫者／攝影	譯者／譯（改）寫	出版日期	出版社
123 數數兒	賽茵・塔克	賽茵・塔克	高明美	85	上誼
一片披薩一塊錢	郝廣才	朱里安諾		87	格林
一個奇特的蛋	李歐・李奧尼	李歐・李奧尼	張劍鳴	86	台英
一隻向後開槍的獅子——拉夫卡迪歐	謝爾・希爾弗斯坦	謝爾・希爾弗斯坦	鄭小芸	85	玉山社

二劃

人	彼得・史彼爾	彼得・史彼爾	漢聲雜誌	80	漢聲
九十九個娘	王宣一	張世明		82	遠流
七兄弟	郝廣才	王家珠		81	遠流

三劃

ABC 圖畫書	五味太郎	五味太郎	漢聲雜誌	82	漢聲
三件寶貝	王宣一	張世明		83	遠流
三年坡	李錦玉	朴民宜	高明美	86	台英
三重溪水壩事件	派翠西亞・波拉蔻	派翠西亞・波拉蔻	鄭雪玫	89	遠流
三個強盜	湯米・溫格爾	湯米・溫格爾	張劍鳴	84	上誼
三隻小熊	麥斯・博利格	約瑟夫・魏爾康	陶緯	87	上誼
三隻小豬的真實故事	雍・薛斯卡	藍・史密斯	方素珍	88	三之三
三隻山羊嘎啦嘎啦	瑪夏・布朗	瑪夏・布朗	林真美	86	遠流
下雨了	施政廷	施政廷		78	信誼
下雨天	彼得・史比爾	彼得・史比爾		86	台英

大姊姊和小妹妹	夏洛特·左羅托	瑪莎·亞歷山大	陳質采	87	遠流
大家來大便	五味太郎	五味太郎	漢聲雜誌	82	漢聲
大家來刷牙	萊斯利·麥高門	珍·皮傑	余治瑩	88	三之三
大家來玩黏土	永坂幸三	永坂幸三	漢聲雜誌	82	漢聲
大家來唱ㄅㄆㄇ	謝武彰	董大山		83	親親
大猩猩	安東尼布朗	安東尼布朗	林良	83	格林
小小大姊姊	安·佛絲琳德	安·佛絲琳德	張麗雪	89	上誼
小巫婆的大腳丫	英格麗·戴爾特·舒伯特	英格麗·戴爾特·舒伯特	曾蕙蘭	86	台英
小房子	維吉尼亞·李·巴頓	維吉尼亞·李·巴頓	林真美	86	遠流
小波學習遊戲書	艾瑞克·希爾	艾瑞克·希爾	文庭澍	85	聯經
小金魚逃走了	五味太郎	五味太郎	信誼基金出版社編輯部	89	信誼
小阿力的大學校	羅倫斯·安荷特	凱瑟琳·安荷特	郭玉芬 萬砡君	89	上誼
小雨滴的旅行	杜榮琛	龔雲鵬		79	東方
小紅	孫晴峰	吳璧人		78	民生報
小美一個人看家	清水道尾	山本松子	文婉	86	台英
小胖小	潘人木	曹俊彥		83	信誼
小飛先進門	雪莉休斯	雪莉休斯	漢聲雜誌	82	漢聲
小恩的秘密花園	莎拉·史都華	大衛·司摩	郭恩惠	87	格林
小真的長頭髮	高樓方子	高樓方子	汪仲	88	台英
小麻煩波利	布里姬·溫寧格	伊芙·塔列特	管家琪	86	台英
小凱的家不一樣了	安東尼·布朗	安東尼·布朗	高明美	86	台英
小象旦旦	吉德	吉德	漢聲雜誌	82	漢聲
小黃與小藍	李歐·李奧尼	李歐·李奧尼	潘人木	86	台英
小黑魚	李歐·李奧尼	李歐·李奧尼	張劍鳴	84	上誼
小蓮遊莫內花園	克莉絲汀娜·波克	林娜·安得生	漢聲雜誌	84	漢聲
小豬在哪裡？	信誼基金出版社編輯部	鍾偉明		80	信誼
小駝背	黃春明	黃春明		87	皇冠
小貓玫瑰	皮歐特·魏爾康	約瑟夫·魏爾康	陶緯	81	上誼

山中舊事	辛茜西・勞倫特	黛安・庫德	林海音	83	遠流

四劃

不冒黑煙的車子	廖春美、謝武彰	嚴凱信		79	東方
不要地雷，只要花	柳瀬房子	柳瀬房子	葉祥明	87	遠流
不愛上學的皮皮	瀏上昭廣	瀏上昭廣	文婉	86	台英
今天是什麼日子？	瀬田貞二	林　明子	漢聲雜誌	82	漢聲
元元的發財夢	曾陽晴	劉宗慧		83	信誼
天空在腳下	艾莉麥考莉	艾莉麥考莉	孫晴峰	86	格林
天空為什麼是藍色的？	莎莉・葛林德列	蘇珊・巴蕾	黃郁媄	89	和英
巴士到站了	五味太郎	五味太郎	高明美	86	台英
巴警官與狗利亞	佩姬・拉曼	佩姬・拉曼	任芸婷	87	格林
手指遊戲動動兒歌	李紫蓉、游淑芬	崔麗君、陳維霖、嚴凱信		87	信誼
方眼男孩	茱麗葉	查理斯・史乃普	漢聲雜誌	81	漢聲
月下看貓頭鷹	珍・尤倫	約翰・秀能	林良	84	上誼
月亮，生日快樂	法蘭克・艾許	法蘭克・艾許	高明美	84	上誼
月亮先生	湯米・溫格爾	湯米・溫格爾	幸佳慧	88	格林
月亮忘記了	幾米	幾米		88	格林
比利得到三顆星	佩特・哈金森	佩特・哈金森	高明美	86	台英
毛絨絨的小鴨子	馬瑟修・弗利特	馬瑟修・弗利特	余治瑩	87	三之三
水牛和稻草人	許漢章	徐素霞		75	省教育廳
火車快跑	唐諾・克魯斯	唐諾・克魯斯	劉思源	81	遠流
王六郎	鄧美玲	張世明		80	信誼
公主的月亮	詹姆斯・桑伯	馬克・西蒙德	劉清彥	90	和英

五劃

世界的一天	安野光雅	艾力克・卡雷等	漢聲雜誌	80	漢聲
卡夫卡變蟲記	勞倫斯	戴爾飛	郭雪貞	89	格林
台北三百年	劉思源	彭大維		79	遠流

台灣──我的第一本地理書	李葭	黃月蕙		86	理特尙
台灣童謠	林武憲	劉宗慧		83	遠流
外公	海倫・葛利費斯	詹姆斯・史帝文生	林良	81	上誼
外公的家	海倫・葛利費斯	詹姆斯・史帝文生	林良	87	上誼
失落的一角	謝爾・希爾弗斯坦	謝爾・希爾弗斯坦	林良	85	自立晚報
巨人與春天	郝廣才	王家珠		88	格林
平克與薛伊	派翠西亞・波拉蔲	派翠西亞・波拉蔲	楊茂秀	89	遠流
幼幼小書	信誼基金出版社編輯部	陳志賢		80	信誼
幼幼認知小書	親親文化編輯部	嚴凱信		77	親親
幼兒迷你字典	克萊瑞・漢利	克萊瑞・漢利	信誼基金出版社編輯部	88	上誼
打勾勾	高田桂子	杉浦範茂	嶺月	86	台英
永恆的洋娃娃	莉莎・馬闊	瑪麗・歐基芙楊	劉珮芳	88	晨星
永遠吃不飽的貓	哈孔・比優克利德	哈孔・比優克利德	林真美	86	遠流
永遠愛你	Robert Munsch	梅田俊作	林芳萍	88	和英
玄奘	林清玄	羅伯英潘		87	格林
田鼠阿佛	李歐・李奧尼	李歐・李奧尼	孫晴峰	84	上誼
白賊七	郝廣才	王家珠		78	遠流
石痴	鄧美玲	張世明		80	信誼
北極特快車	克利斯 凡 艾斯伯格	克利斯 凡 艾斯伯格	張劍鳴	89	上誼

六劃

亦宛然布袋戲	劉思源	王家珠		78	遠流
伊索寓言	伊索	塔塔羅帝等	林海音	87	格林
先左腳再右腳	湯米德包羅	湯米德包羅	漢聲雜誌	82	漢聲
再見，斑斑！	哈莉凱勒	哈莉凱勒	漢聲雜誌	82	漢聲
再見人魚	郝廣才	湯馬克		88	格林
地底下的動物	大野正男	松崗達英	黃郁文	86	台英
在一個晴朗的日子裡	農尼・荷羅傑恩	農尼・荷羅傑恩	林苑玲	86	遠流

在那遙遠的地方	莫里斯桑達克	莫里斯桑達克	郝廣才	85	格林
好一個餿主意	瑪格·塞蒙克	瑪格·塞蒙克	琦君	83	遠流
好安靜的蟋蟀	艾瑞·卡爾	艾瑞·卡爾	林良	84	上誼
好忙好忙的耶誕老公公	嘉納純子	黑井健	嶺月	86	台英
好忙的蜘蛛	艾瑞·卡爾	艾瑞·卡爾	鄧美玲	84	上誼
好事成雙	巴貝柯爾	巴貝柯爾	郭恩惠	89	格林
好朋友	赫姆·海恩	赫姆·海恩	王真心	81	上誼
好餓的毛毛蟲	艾瑞·卡爾	艾瑞·卡爾	鄭明進	84	上誼
如何做一本書	阿麗奇	阿麗奇	漢聲雜誌	82	漢聲
如果你給老鼠吃餅乾	蘿拉·喬菲·努墨歐夫	費莉西亞·龐德	林良	86	台英
如果我不是河馬	李布絲·派勒契克	約瑟夫·派勒契克	馬景賢	86	台英
如果聲音消失了	謝武彰	施政廷		79	東方
安安——和白血病作戰的男孩	艾麗莎白特·羅依特	艾麗莎白特·羅依特	漢聲雜誌	81	漢聲
忙碌的週末	愛麗絲爾德萊尼門	愛麗絲爾德萊尼門	漢聲雜誌	82	漢聲
忙碌的寶寶	湯瑪士·史文生	湯瑪士·史文生	黃淑萍	82	三暉
早安	珍奧·莫羅得	珍奧·莫羅得	漢聲雜誌	82	漢聲
有趣的小婦人	亞琳·莫賽	布萊兒·藍特	林海音	83	遠流
朱家故事	安東尼·布朗	安東尼·布朗	漢聲雜誌	81	漢聲
百貨公司遇險記	簡麗華	林傳宗		88	賢志文教基金會
竹林	芥川龍之介	西蒙娜	張玲玲	84	格林
米羅和發光寶石	馬柯斯·費斯特	馬科斯·費斯特	朱昆槐	88	上誼
老鼠的冒險日記	約翰·伍德	德瑞克·波恩	黃琪瑩	84	東方
老鼠阿修的夢	李歐·李奧尼	李歐·李奧尼	孫晴峰	87	上誼
老鼠娶新娘	張玲玲	劉宗慧		82	遠流
老鼠湯	阿諾·羅北兒	阿諾·羅北兒	楊茂秀	86	遠流
自己的顏色	雷歐·里歐尼	雷歐·里歐尼	林真美	86	台英
血的故事	堀內誠一	堀內誠一	漢聲雜誌	82	漢聲

七劃

你好，老包	亞瑟・約林克斯	理查・艾基爾斯基	郝廣才	81	遠流
你看我有什麼	安東尼布朗	安東尼布朗	漢聲雜誌	82	漢聲
你想當總統嗎？	茱蒂聖喬琪	大衛・司摩	郝廣才	90	格林
巫婆奶奶	湯米・狄波拉	湯米・狄波拉	張劍鳴	84	上誼
巫婆與黑貓	文萊利・湯瑪士	柯卡・保羅	余治瑩	87	三之三
床底下的怪物	詹姆斯・史帝文生	詹姆斯・史帝文生	何奕佳	82	上誼
忘了咒語的魔術師	謝武彰	陳光輝		81	光復
我也要背背	原道夫	原道夫	文婉	86	台英
我不知道我是誰	強布雷克	薛弗勒	郭恩惠	87	格林
我可以養牠嗎？	史蒂芬・凱洛格	史蒂芬・凱洛格	高明美	82	台英
我永遠愛你	漢思・威爾罕	漢思・威爾罕	趙映雪	89	上誼
我到底怎麼了？	彼得・梅爾	亞瑟・羅賓斯	吳瓊芬	88	遠流
我和小凱絕交了	麥嬌莉韋曼莎梅特	東尼第魯納	漢聲雜誌	82	漢聲
我的妹妹聽不到	珍恩・懷特豪斯・彼得森	黛博拉・雷伊	陳質采	87	遠流
我的朋友	五味太郎	五味太郎	上誼編輯部	87	上誼
我的媽媽真麻煩	芭蓓蒂・柯爾	芭蓓蒂・柯爾	陳質采	87	遠流
我是第一個	五味太郎	五味太郎	漢聲雜誌	80	漢聲
我是這樣長大的	Angela Royston	Rowan Clifford	李紫蓉	81	上誼
我要來抓你啦！	湯尼・羅斯	湯尼・羅斯	郝廣才	86	格林
我家住美濃	蘇振明	曾文忠		84	行政院農委會
我從哪裡來？	彼得・梅爾	亞瑟・羅塞斯	鍾雲	88	遠流
我最討厭你了	珍妮絲・梅・奧黛莉	墨里斯・桑達克	林真美	87	遠流
我最喜歡爺爺	伍爾夫哈蘭德	克莉絲汀娜奧芙曼	漢聲雜誌	82	漢聲
我喜歡你	沃博	齊華絲特	楊茂秀	87	遠流
我愛玩	林芳萍	劉宗慧		87	信誼
我愛書	安東尼・布朗	安東尼・布朗	高明美	86	台英
我會自己穿衣服	唐・班特利	克麗斯蒂娜・奈吉	余治瑩	88	三之三
找錯醫生看錯病	馬景賢	仉桂芳		83	光復
沙灘上的琴聲	鄭清文	陳建良		87	台英

沒有聲音的運動會	呂藹玲	陳建志		74	信誼
狂人日記	魯迅	黃本蕊		84	格林
豆子	平山和子	平山和子	漢聲雜誌	77	漢聲
那裡有條界線	黃南	黃南		86	遠流

八劃

兒子的大玩偶	黃春明	楊翠玉		86	格林
兒歌ㄅㄆㄇ	陳正治	林傳宗		79	親親
和平在人間	凱薩琳舒勒絲	羅伯英潘	薇薇夫人	89	格林
彼得的口哨	艾茲拉・傑克・季茲	艾茲拉・傑克・季茲	黃尹青	84	上誼
彼得的椅子	艾茲拉・傑克・季茲	艾茲拉・傑克・季茲	孫晴峰	84	上誼
彼得與狼	普羅高菲夫	約瑟夫・派勒契克	高明美	86	台英
怪叔叔	李瑾倫	李瑾倫		88	信誼
放屁	長　新太	長　新太	漢聲雜誌	82	漢聲
明鑼移山	阿諾・羅北兒	阿諾・羅北兒	楊茂秀	86	遠流
板橋三娘子	王宣一	張世明		83	遠流
爭鹿	陳正馨	朱成梁		81	信誼
爸爸，你看我在做什麼！	巴茲塞特	巴茲塞特	洪翠娥	89	格林
爸爸，你愛我嗎？	史蒂芬・麥可・金	史蒂芬・麥可・金	余治瑩	87	三之三
爸爸，我要月亮	艾瑞・卡爾	艾瑞・卡爾	林良	84	上誼
爸爸走丟了	五味太郎	五味太郎	漢聲雜誌	82	漢聲
花婆婆	芭芭拉・庫尼	芭芭拉・庫尼	方素珍	87	三之三
金瓜與銀豆	王宣一	張世明		83	遠流
金字塔，古埃及的歷史和科學	加古里子	加古里子	黃郁文	85	台英
長不大的小樟樹	蔣家語	陳志賢		79	東方
門鈴又響了	佩特・哈金絲	佩特・哈金絲	林真美	86	遠流
阿力和發條老鼠	李歐・李奧尼	李歐・李奧尼	孫晴峰	87	上誼
阿文的小毯子	凱文・漢克斯	凱文・漢克斯	方素珍	87	三之三

阿比的小狐狸	瑪格瑞特庫貝卡	漢斯帕貝爾	漢聲雜誌	82	漢聲
阿立會穿褲子了	神澤利子	西卷茅子	嶺月	86	台英
阿吉大鬧廚房	科特‧包曼	邁可‧佛曼	陳木城	86	台英
阿蓮娜‧老鼠和巨貓	蘇西‧博達爾	蘇西‧博達爾	張莉莉	89	格林
阿羅有枝彩色筆	克拉格特‧強森	克拉格特‧強森	林良	82	上誼
青蛙和蟾蜍	艾諾‧洛貝爾	艾諾‧洛貝爾	黨英台	79	上誼

九劃

兔子先生，幫幫忙好嗎？	夏洛特‧佐羅托	墨里斯‧桑達克	林真美	86	遠流
兔子先生去散步	五味太郎	五味太郎	信誼基金出版部	77	信誼
保羅的超級計劃	巴茲塞特	巴茲塞特	洪翠娥	89	格林
威威找記憶	梅‧法克斯	茱莉‧維瓦斯	柯倩華	88	三之三
威廉的洋娃娃	夏洛特‧佐羅托	威廉‧潘訥‧杜‧波瓦	楊清芬	87	遠流
很久很久以前	Stenfan Gemmel	Marie-José Sacré	劉恩惠、張淑芬	85	鹿橋
指甲花	王金選	洪義男		88	信誼
故事啊故事	吉兒‧哈利	吉兒‧哈利	張劍鳴	84	上誼
春天來了	五味太郎	五味太郎	吳宜真	87	上誼
是誰嗯嗯在我的頭上？	維爾納‧霍爾茨瓦爾斯	沃爾夫‧埃爾布魯赫	方素珍	86	三之三
星月	珍妮兒‧肯儂	珍妮兒‧肯儂	楊茂秀	83	和英
星星樹	洪志明	沈于文		86	國語日報
星星還沒出來的夜晚	米謝‧勒繆	米謝‧勒繆	洪翠娥	88	大田
派克的小提琴	昆狄‧布雷克	昆狄‧布雷克	李紫蓉	84	上誼
珍珠	赫姆‧海恩	赫姆‧海恩	關津	81	上誼
皇帝與夜鷹	郝廣才	張世明		87	格林
看得見的歌	艾瑞‧卡爾	艾瑞‧卡爾	林良	84	上誼
穿過隧道	安東尼‧布朗	安東尼‧布朗	陳瑞炫	86	遠流
紅公雞	王蘭	張哲銘		88	信誼

紅田嬰	傳統台語兒歌	曹俊彥等		87	信誼
紅龜粿	王金選	曹俊彥		88	信誼
美女還是老虎	史達柯頓	麥克努雪夫	郝廣才	84	格林

十劃

哪個錯找哪個	王宣一	張世明		82	遠流
夏日海灣	羅勃‧麥羅斯基	羅勃‧麥羅斯基	林良	84	國語日報
家鄉的樹	黎芳玲、孫婉玲	張義文		84	行政院農委會
射向太陽的箭	傑洛德‧麥克德默特	傑洛德‧麥克德默特	張劍鳴	84	台英
恐龍夢幻國	詹姆士‧傑尼	詹姆士‧傑尼	許琳英	82	貓頭鷹
恐龍與垃圾	邁克福曼	邁克福曼	漢聲雜誌	82	漢聲
狼婆婆	艾德‧楊	艾德‧楊	林良	83	遠流
祖母的妙法	瑪格瑞特庫貝卡	漢斯帕貝爾	漢聲雜誌	82	漢聲
神奇變身水	傑克‧肯特	傑克‧肯特	何奕達	84	上誼
神箭手與琵琶鴨	李潼	劉伯樂		86	國語日報
祝你生日快樂	方素珍	仉桂芳		87	國語日報
紙牌王國	泰戈爾	李漢文	林清玄	84	格林
臭起司小子爆笑故事大集合	約翰席斯卡	約翰席斯卡	管家琪	83	格林
起床啦！皇帝	郝廣才	李漢文		83	信誼
逃家小兔	瑪格麗特‧懷茲‧布朗	克雷門‧赫德	黃迺毓	86	信誼
馬桶上的一枚指紋	簡麗華	張振松		88	賢志文教基金會
馬頭琴	莊展鵬	阿興		81	遠流
骨頭	堀內誠一	堀內誠一	漢聲雜誌	82	漢聲

十一劃

拼拼湊湊的變色龍	艾瑞‧卡爾	艾瑞‧卡爾	林良	84	上誼
動物園的一天	安東尼‧布朗	安東尼‧布朗	高明美	86	台英

張開大嘴呱呱呱	肯思・福克納	喬納森・藍伯	陳淑惠	87	上誼
強尼強鼻子長	克魯茲・路易士	艾得・哥維奇	郝廣才	88	格林
彩虹魚	馬克斯・菲仕達	馬克斯・菲仕達	郭震唐	82	華一
情緒・心情・感覺	阿麗奇	阿麗奇	漢聲雜誌	86	漢聲
猜猜我有多愛你	山姆・麥克布雷尼	安妮塔・婕朗	陳淑惠	88	上誼
眼睛的故事	堀內誠一	堀內誠一	漢聲雜誌	82	漢聲
第一次上街買東西	筒井賴子	林　明子	漢聲雜誌	82	漢聲
莎莉，離水遠一點	約翰・伯寧罕	約翰・伯寧罕	林真美	87	遠流
莎麗要去演馬戲團	梅布絲	布赫茲	袁瑜	86	格林
莫里斯的妙妙袋	露絲瑪麗・威爾斯	露絲瑪麗・威爾斯	何奕達	82	上誼
荷花開・蟲蟲飛	中國傳統兒歌	趙國宗		83	信誼
蛋	羅柏・柏頓	珍・柏頓 金姆・泰勒	李愛卿	85	上誼
這是我的	李歐・李奧尼	李歐・李奧尼	孫麗芸	84	上誼
野馬之歌	保羅・葛柏	保羅・葛柏	張玉穎	81	遠流
野獸國	莫里士桑塔克	莫里士桑塔克	漢聲雜誌	82	漢聲
雪人	雷蒙・布力格	雷蒙・布力格	上誼出版部	84	上誼
雪花人	賈桂琳・貝格絲・馬丁	瑪莉・艾札瑞	柯倩華	88	三之三

十二劃

為什麼，為什麼不？	王淑芬	何雲姿		86	信誼
為什麼蚊子老在人們的耳朵旁邊嗡嗡叫	薇娜・阿德瑪	李奧・狄倫 黛安・狄倫	鄭榮珍	84	上誼
晚安	珍奧莫羅得	珍奧莫羅得	漢聲	82	漢聲
晚安小熊	Leslie McGuire	Cathy Beylon	曹正芳	85	台灣麥克
最奇妙的蛋	赫姆・海恩	赫姆・海恩	李紫蓉	84	上誼
最後一片葉子	歐亨利	貝諾許	林良	86	格林
最後的銅鑼聲	林清玄	周偉釗		82	信誼
最想聽的話	夏綠蒂・佐洛托	詹姆斯・史帝文生	林良	81	上誼
喬治與瑪莎	詹姆斯・馬歇爾	詹姆斯・馬歇爾	楊茂秀	86	遠流
喬瑟夫有件舊外套	席姆斯・塔貝克	席姆斯・塔貝克	方素珍	90	麥克

壺中的故事	安野雅一郎	安雅光雄	吳家怡	85	上誼
帽子	湯米・溫格爾	湯米・溫格爾	楊櫻鳳	84	上誼
惡霸遊戲	大衛・休斯	大衛・休斯	任芸婷	87	格林
智慧寓言	艾諾・洛貝爾	艾諾・洛貝爾		86	信誼
棕色的熊、棕色的熊，你在看什麼？	比爾・馬丁	艾瑞・卡爾	李坤珊	88	上誼
森林大熊	約克史坦納	約克米勒	袁瑜	86	格林
湯姆爺爺	史提凡・查吾爾	史提凡・查吾爾	施素卿	81	漢聲
短鼻象	黃春明	黃春明		82	皇冠
進入科學世界的圖畫書	尼爾・雅得禮	尼爾・雅得禮	高明美等	82	上誼
黑白村莊	劉伯樂	劉伯樂		83	信誼
黑與白	大衛・麥考利	大衛・麥考利	孫晴峰	85	上誼

十三劃

著涼	毛利子來	堀內誠一	漢聲雜誌	82	漢聲
傻鵝皮杜妮	羅傑・杜佛辛	羅傑・杜佛辛	蔣家語	84	上誼
圓仔山	曹俊彥	潘人木		86	台英
圓圓國和方方國	張秀綢	陳維霖		83	光復
媽媽，買綠豆！	曾陽晴	萬華國		89	信誼
媽媽爸爸不住在一起	凱絲・史汀生	南希・路・雷諾茲	林真美	88	遠流
媽媽的紅沙發	威拉・畢・威廉斯	威拉・畢・威廉斯	柯倩華	87	三之三
想睡覺的獅子	艾瑪紐・愛拉・布索拉提	茱利亞・奧瑞克西亞	余治瑩	87	三之三
愛心樹	謝爾・希爾弗斯坦	謝爾・希爾弗斯坦	鄭小芸	84	玉山社
愛吃糖的皇帝	黃春明	黃春明		85	皇冠
愛取名字的老婆婆	辛西亞・勞倫特	凱瑟琳・布朗	黃迺毓	88	上誼
愛織毛線的尼克先生	瑪格麗特・懷德	狄・赫克絲利	柯倩華	88	上誼
搬到另一個國家	林芬名	林芬名		86	信誼
新天糖樂園	郝廣才	王家珠		88	格林
爺爺一定有辦法	菲比・吉爾曼	菲比・吉爾曼	宋珮	88	上誼

爺爺有沒有穿西裝？	艾蜜麗・弗利德	傑基・格萊希	張莉莉	89	格林
爺爺的柺杖	五味太郎	五味太郎	高明美	86	台英
當風吹來的時刻	雷蒙・布力格	雷蒙・布力格	漢聲雜誌	81	漢聲
腳丫子的故事	柳生弦一郎	柳生弦一郎	漢聲雜誌	82	漢聲
詩畫水果	宋致賢等	宋致賢等		85	行政院農委會
跟著爺爺看	派翠西亞・麥蘭赫蘭	黛博拉・雷伊	楊佩榆	87	遠流
跳月的精靈	珍妮絲・梅・奧黛莉	墨里斯・桑達克	郝廣才	83	遠流
跳舞吧老鼠	郝廣才	塔塔羅帝		88	格林
頑皮公主不出嫁	巴貝柯爾	巴貝柯爾	吳燕鳳	89	格林

十四劃

像新的一樣好	芭芭拉道格拉斯	佩心絲布魯斯特	漢聲雜誌	82	漢聲
夢幻大飛行	大衛・威斯那	大衛・威斯那		86	遠流
歌舞爺爺	凱倫・艾克曼	史蒂芬・格梅爾	張玉穎	82	遠流
瑪德琳	路德威・白蒙	路德威・白蒙	林真美	85	遠流
瘋狂星期二	大衛・威斯納	大衛・威斯納		86	格林
種樹的男人	尚紀沃諾	湯馬克	張玲玲	86	格林
精采過一生	芭貝・柯爾	芭貝・柯爾	黃迺毓	88	三之三
綠豆村的綠豆	李紫蓉	張振松		84	信誼
綠笛	珍妮兒・肯儂	珍妮兒・肯儂	楊茂秀	88	和英
蒲公英	平山和子	平山和子	漢聲雜誌	82	漢聲
蜜蜂樹	派翠西亞・波拉蔻	派翠西亞・波拉蔻	廖春美	89	遠流
認知小百科	葉淑娟	許凌薰	鄭雅怡		愛智
認識自己的身體	Melanie and Chris Rice	Ellis Nadler	李愛卿	85	上誼
銀河玩具島	郝廣才	湯馬克		87	格林
鼻孔的故事	柳生弦一郎	柳生弦一郎	漢聲雜誌	82	漢聲

十五劃

廚房之夜狂想曲	莫里斯桑達克	莫里斯桑達克	郝廣才	86	格林

徵召地球保衛軍	裘納登・波瑞特	艾利斯・奈德勒	漢聲雜誌	86	漢聲
樓上的外婆和樓下的外婆	湯米・狄波拉	湯米・狄波拉	孫晴峰		台灣麥克
箭靶小牛	王淑均、張允雄	張哲銘		84	羅慧夫顱顏基金會
請不要忘記那些孩子	加娜・拜亞茲・阿貝爾斯	加娜・拜亞茲・阿貝爾斯	林真美	86	遠流
誰要我幫忙	喬賴斯克	喬賴斯克	漢聲雜誌	82	漢聲
賣元宵的老公公	馬景賢	吳昊		75	理科

十六劃

獨頭娃娃	林淑慎	姜巍		82	遠流
糖果屋裡的秘密	許玉敏	張麗真		88	賢志文教基金會
螞蟻	小林 勇	小林 勇	漢聲雜誌	82	漢聲
親愛的小莉	威廉格林	莫里斯桑達克	郝廣才	84	麥田
親愛的聖誕老公公—今年不要來	Michael Twinn	Patricia D. Ludlow	郭恩惠	85	鹿橋
諾亞方舟	彼得史比爾	彼得史比爾	漢聲雜誌	82	漢聲
遲到大王	約翰・伯林罕	約翰・伯林罕	黨英台	81	上誼
龍牙變星星	莊展鵬	阿興		82	遠流
樹真好	珍妮絲	馬克・西蒙德	劉小如	88	上誼

十七劃

戴帽子的貓	蘇斯博士	蘇斯博士	詹宏志	83	遠流
糟糕的一天	派翠西亞賴利吉輔	蘇珊娜內蒂	漢聲雜誌	75	漢聲
聰明的小畫家	安東尼・布朗	安東尼・布朗	余治瑩	83	智茂
膽大小老鼠和膽小大巨人	安格富修柏	安格富修柏	梁景峰	88	格林
醜小鴨變天鵝—童話大師安徒生	簡宛	翱子		88	三民

十八劃

翻轉拉跳立體玩具書	Jung-Hyun Yoon	Jung-Hyun Yoon	上誼編輯部	87	上誼
雙胞胎月亮	蘇紹連	藍珮禎		86	三民

十九劃

懶人變猴子	李昂	王家珠		78	遠流
鯨魚	五味太郎	五味太郎	余治瑩	88	三之三
羅密歐與茱麗葉	查爾斯蘭姆	瑪妮昂迪博	蕭乾	84	台灣麥克

二十劃

寶寶——我是怎麼來的？	瑪麗安娜	里斯	沙子芳	86	台英

二十一劃

獾的禮物	蘇珊・巴蕾	蘇珊・巴蕾	林真美	86	遠流
爛皮兒踩高蹺皮兒	保羅歐・蔡林思吉	保羅歐・蔡林思吉	曾陽晴	83	遠流
顧米亞	劉思源	王炳炎		81	遠流
魔法音符	湯米・溫格爾	湯米・溫格爾	幸佳慧	88	格林
鐵絲網上的小花	英諾桑提	英諾桑提	林海音	86	格林

二十二劃

聽那鯨魚在唱歌	黛安雪登	蓋瑞布來茲	張澄月	83	格林

二十四劃

讓路給小鴨子	羅勃・麥羅斯基	羅勃・麥羅斯基	畢璞	84	國語日報

二十六劃

驢小弟變石頭	威廉・史塔克	威廉・史塔克	張劍鳴	84	上誼

二十七劃

鱷魚怕怕牙醫怕怕	五味太郎	五味太郎	上誼編輯部	89	上誼

國家圖書館出版品預行編目資料

圖畫書的欣賞與應用／林敏宜著；--初版. --
臺北市：心理, 2000（民 89）
面； 公分. --（幼兒教育系列；51041）
含參考書目
參考書目： 面
ISBN 978-957-702-407-7（平裝）

1.圖畫書 2.兒童文學 3.插畫 4.說故事

815.9   89016236

幼兒教育系列 51041

圖畫書的欣賞與應用

作　　者：林敏宜

執行編輯：陳文玲

總　編　輯：林敬堯

發　行　人：洪有義

出　版　者：心理出版社股份有限公司

地　　址：231 新北市新店區光明街 288 號 7 樓

電　　話：(02) 29150566

傳　　真：(02) 29152928

郵撥帳號：19293172　心理出版社股份有限公司

網　　址：http://www.psy.com.tw

電子信箱：psychoco@ms15.hinet.net

駐美代表：Lisa Wu（lisawu99@optonline.net）

排　版　者：鄭珮瑩

印　刷　者：紘基印刷有限公司

初版一刷：2000 年 10 月

初版十五刷：2019 年 1 月

ＩＳＢＮ：978-957-702-407-7

定　　價：新台幣 350 元